杨建东◎著

100个疯子 100个天才 IV

中国致公出版社
·北京

图书在版编目（CIP）数据

100 个疯子 99 个天才 . Ⅳ / 杨建东著 . -- 北京：中国致公出版社 , 2024.3

ISBN 978-7-5145-2161-0

Ⅰ . ① 1… Ⅱ . ①杨… Ⅲ . ①长篇小说－中国－当代 Ⅳ . ① I247.5

中国国家版本馆 CIP 数据核字 (2023) 第 170954 号

100 个疯子 99 个天才 . Ⅳ / 杨建东　著
100 GE FENGZI 99 GE TIANCAI

出　　版	中国致公出版社
	（北京市朝阳区八里庄西里 100 号住邦 2000 大厦 1 号楼西区 21 层）
发　　行	中国致公出版社（010-66121708）
责任编辑	杨　鸿
责任校对	吕冬钰
装帧设计	天行云翼
印　　刷	三河市金泰源印务有限公司
版　　次	2024 年 3 月第 1 版
印　　次	2024 年 3 月第 1 次印刷
开　　本	880 mm×1230 mm　1/32
印　　张	8.25
字　　数	200 千字
书　　号	ISBN 978-7-5145-2161-0
定　　价	42.80 元

目录

序　这个世界还会更糟吗？

早在2015年，全球增长咨询公司弗若斯特沙利文曾做过一个调研，调研报告指出，截至当时，中国患有精神疾病的人数已达1.8亿人，以中国当时14亿人口计算的话，相当于每8个人当中就有1个患有精神疾病。

这样的描述迅速在社交媒体上引发了热议和调侃，不少网友认为这一调研结果"不靠谱"，甚至可以说是"胡说八道"。但是其他的调查结果也显示，中国的精神疾病患者数量的确相当庞大，比如说中国疾控中心2021年年初的数据显示，中国各类精神病患者超过1亿人，平均每13个中国人中就有1个精神病患者。其中重症精神病患者超过1600万人，也就是说不到100个中国人中就有1人是重症精神病患。

而根据一些地区的调查，在精神病患者中，本科以上的高学历群体占比庞大。大城市聚集效应带来的快节奏生活、孤独、毕业压力、就业困难、职场竞争、收入瓶颈、感情淡漠、家庭矛盾等，更容易引发城市生活群体的精神问题。

世界卫生组织发布报告显示，平均每40秒就有一人因自杀而死。2021年年底前，全世界精神病患者人数已接近10亿人，严重精神障碍患者报告患病率达到4.5‰，规范管理率达到80%，规律服药率达到60%，精神分裂症服药率达到80%，居家患者社区康复参与率达到60%。患者家庭及监护人都面临着巨大的经济损失和社会压力。

总而言之，如果把地球上所有的精神病患者抽离出来，已足以组成一个庞大的王国。

上面我列举了大量的数据，一方面是希望社会能够给予精神病患者群体更多关注，另一方面也是想引出我接下来要讲述的内容。

我虽然认识不少精神病领域的研究专家和医师，但我本身并不是专业的医生，我对精神病这一领域之所以有深入的了解，是因为我曾接受过一位游戏投资人的委托，这名委托人患过慢性精神病，后来经过3个半月的住院治疗，顺利出院。住院期间，这位投资人接触了大量的精神病病友，并从这些病友的口中得知了形形色色的奇思妙想，使他对精神病患者这一群体的认知出现了巨大的改观。而作为一名游戏投资人，他突发奇想，想做一款基于精神病患者的不同世界观和奇思妙想的沉浸式游戏，这款游戏甚至可能以AI、VR、AR、元宇宙等前沿技术来呈现。为力求效果真实、内容出彩，这位投资人找到了有过科幻和奇幻小说创作和游戏策划经验的我，希望我能够走访记录一些有趣的精神病患者的奇思妙想，将其润色加工，梳理成册，为他的游戏制作提供充足的内容创作材料。

为此，我踏上了漫长的精神病患者走访之旅，最初，我以为这不过是一场听书人听故事般的有趣旅行，但是随着和精神病患者们接触的不断加深，我发现事情远远没有那么简单。在相当长的一段时间里，我开始怀疑我过去生活的环境的真实性，甚至在一定程度上产生了对"正常人"的鄙视情绪。

有一段时间，我甚至荒诞地认为，我过去接触的那些人，不过是一群无知的原始人……

总之，接下来你听到的故事将会非常疯狂，但是不管你听到什么样的故事，我希望你都能够保持清醒，不要迷失在无数精神病患者臆想的光怪陆离的世界之中。

因为，被精神病患者们的思想震撼了无数次后，我已经深深地认识到：

当个原始人，也挺好的。

一、长生不老，是不是很爽？

　　一开场，他就给我出了一道非常有意思的选择题：如果给你三种能力，你会选择拥有哪一种？这三种能力分别是时间停止、意识穿越回过去以及永生不死。

　　我："每一种能力都跟时间有关，而且都挺厉害的。"

　　他："让你选，你选择拥有哪一种能力？"

　　我想了想之后，回答道："我会选择永生不死吧。毕竟死亡是人类的终极恐惧。"

　　他笑了："你选择了最糟糕的答案。当然，大多数人都会选择这个糟糕的答案。"

　　我："为什么永生不死是最糟糕的答案呢？能活几百年、几千年、几万年，看看人类文明的变迁，看看这个世界的未来，那多好。而且人一旦永生不死，就可以无限地积累财富，让自己悠然地享受生活，不是吗？"

他："太简单了，你想得太简单了。作为过来人，我可以告诉你，永生不死的滋味可不是这样的。"

我："你体会过永生不死？"

他："我就是永生不死的人，已经经历过宇宙的轮回。永生不死是比死亡还要令人绝望的事。"

我配合着他，故意问道："那永生不死是什么滋味呢？"

他："你想知道吗？那我就告诉你吧。你觉得我们现在的地球发展还很和平是吗？但是那只是目前而已。能源枯竭、大气污染、瘟疫、灾难……即使人类运气很好，以上灾难都没有发生，只是从自然演化的角度来看，地球的未来也是非常可怕的。未来的两亿年里，地球上的大陆板块会不断地分裂、组合又分裂，到时候南美洲和北美洲很有可能再度重组在一起，北美大陆也会不断地靠近非洲大陆，最后连接在一起，而亚洲和欧洲也会不断地扩大面积，慢慢与这两块大陆接近，最终几个大陆连接在一起，从而形成一块新的大陆。那时候，大陆连接带来的碰撞、地震、火山喷发、全球海啸，会使地球上七成人类死亡。但是，这仅仅是个开始而已。10亿年后，太阳每秒钟释放出的能量将会是现在的1.1倍。虽然只有10%的增幅，但会热到足以让地球上的所有液态水汽化、消失，那时候整个地球将会变成荒凉之地，人类文明早就已经灭亡，而你却孤独一人忍受着数百上千摄氏度的高温，像活在岩浆构成的地狱里一样。再过30亿年，银河系和仙女座星系的碰撞，你有可能亲眼见到太阳被撞碎，当然这种概率是很小的，我们暂且忽略不计。但是，就算太阳侥幸没被撞碎，50亿年后，太阳变成红巨星，就会扩张到火星轨道，那时候你将活在数千万摄氏度高温的太阳内部。就算太阳因为某种原因没有变成红巨星，地球侥幸没有被吞没，但地球的寿命极限也就100亿年左右。100亿年后，地球上所有的放射性物质都已完成衰变，地球表面再也没有一点温度，你将活在寒冷的地狱之中。但这依然只是开始罢了，在10的34次方年后，宇宙的膨胀速度将超过光速，那时候宇宙中所有宏观物质都会解体，你的身体会四分五裂，不过你还活着，只不过你的意识已经分散到了分子甚至原子级别。如果你能够永生，那么你的身体每一秒都会经受无数次恢复和撕裂，这种折磨几乎永无止境。但那依然不过才刚刚开始。10的40次方年后，宇宙中的最后一颗简并天体消失，整个宇宙只剩下黑洞，黑洞纪元将开始。10的41次方年后，质子的寿命到上限，质子衰变开始，你那四分五裂的破碎身体会进一步瓦解为中性π介子和正电子，但是你还活着，就像沙子一样活着。10的67次方年后，宇宙中所有太阳质量级别的黑洞都会因为霍金辐射而蒸发消失。10的100次方年后，最后的超大质量黑洞蒸发，宇宙中再也没有任何天体，只剩下细小的微观物质。大约10的1000次方年后，最后的正常粒子也消失了，宇宙中最黑暗的时刻到来，再没有任何成形的正常物质。宇宙里所有的物质都各自独立，而且变成了最小的单元。这样的情况差不多会维持10的1200次方年，那之后，如果宇宙逐渐停止了膨胀，物质就会因为随机的不确定性跃迁，又重叠组合在一起，重新变成有质量的天体。到时候，宇宙重获新生，会进入下一轮重启。那时候你身体的所有粒子就有机会重新组合在一起，你才有希望重新获得一个长时间稳定且有固定结构的身体。如果你的运气足够好的话，在新的宇宙里也会产生新的类似地球这样适合人类生存的星球，那时候你才有可能短暂地体会一下以正常人类的身体沐浴阳光、感受花香的快感。当然，如果你的运气不是很好，新一轮宇宙中没有一个类似地球的行星诞生，你就又不得不等待10的1200次方年，直到宇宙开始下一次轮回。而如果在下一次轮回时，你的运气还是不够好，你就只能继续等待再下一轮……在诞生一个正常的地球之前，你不得不一直等下去。绝大多数时候，你都将活在被高温恒星灼烧的世界里，或者游荡在接近绝对零度的真空中，无比痛苦。当然你也可能会进入黑洞，想呼救却没人搭理你；可能会来到大引力的天体上，身体被死死压在星球表面不得动弹；也有可能进入海底甚至地心深处，被无数岩石死死压迫，难以呼吸。那样的绝望，会让你无数次试图通过自杀来结束生命和痛苦，可是因为永生不死，所以你根本就做不到。你只能一直活着，一直无穷无尽地感受身体被冻伤、烧毁、撕裂、压扁，那种绝望感你能想象吗？现在，你还希望永生不死吗？"

我："被你这么一描述，永生不死简直比死亡还要恐怖百倍。"

他："你说对了，对于永生不死的人来说，活着是地狱，死了才是天堂。你要知道，我上面所说的那些经历，在永恒的时间面前，也才不过刚刚开始罢了。如果把永恒的时间比作一条跑道，那么几次宇宙轮回的漫长时间，在这条跑道上也不过是刚刚离开起跑线罢了。因为在无限面前，多么庞大的数字，都将渺小得不值一提。"

我："我感觉自己已经快窒息了。无限带来的压迫感对人类这种有限的生物来说，的确是很难想象。我听说你以前想通过某些渠道购买神经毒素，这么说，你尝试过结束自己的生命？"

他："我去买神经毒素不是为了结束生命，而是破坏自己的脑神经，让自己陷入昏迷之中。既然我没有办法结束自己的生命，那就只能想办法让自己陷入昏迷、无意识的状态。虽然我知道等到一定的时候，我的大脑神经又会复原。但是哪怕只是几百年、几千年，或者几亿年里没有自我意识，那也是一种幸福。活着，实在是太痛苦了。"

我："以前我曾经幻想过永生的美好，但是现在，你让我彻底清醒了。我的幻想被你打破了。"

他："你依然可以幻想，但是你幻想的不该是个人的永生，而是整个世界永生不灭，宇宙永不轮回。当你真正永生时，你才会真心希望这个世界永远美好。"

我："也是。如果整个宇宙能够一直存在，人类文明能够一直存在，那我们的永生才会有意义。可惜，我只是个能力有限的个体，帮不了你，也无法永远陪着你。"

他："没关系，我习惯了。"

我："不过，我还想问你最后一个问题。"

他："嗯，你问吧。"

我："我想知道，你最初是怎么拥有永生不死的能力的？"

他想了想，然后说："我忘了。因为那实在是太久以前的事了。在永生的过程中，我学会了适当地遗忘，否则，我肯定早就疯了。当然，如果我真的彻底疯了，那或许也是好事，至少那样我就没有正常的思考能力了。"

虽然和他的对话让我感受到了永生带来的无尽绝望和痛苦，但我还是感谢他，让我领略到了永生者才能看到的风光。

后来我在看净土宗的一些文件时，看到一句话，突然觉得很适合形容他的处境："受身无间者永远不死，寿长乃无间地狱之大劫。"

二、"流浪太阳"计划

有这么一个女人，她很年轻，很漂亮，还很疯癫。

她自称来自未来，并且是来自未来的机器人。她说她在这个时代只会逗留三十年的时间，三十年之后，就会离开。而她之所以来到这个时代，是为了改变世界的走向。当我找到她时，她非常主动地告诉了我她的"身世"，并且跟我说，我是她来到这个时代后想要找寻的人之一。因为我对她的采访可以变成未来的游戏设定，而这个游戏一旦推广出去，就有更多人知道她的思想，从而让整个世界都可以被改变。

她："我是太阳。"

我："啊？"

她："字面意思，我的名字叫太阳，我来自不算近但是也不算遥远的未来。"

我："那大概是什么时候？"

她："大概一千四百年后吧。"

我："那已经很遥远了。"

她："但是对于行星和恒星来说，那只是很短暂的时光。一千四百年，人类早就经过了很多个一千四百年。"

我："那你为什么会来到这个世界呢？"

她："为了警告哦。"

我："警告？"

她："是啊。警告人类，太阳在两百年之后就要发生大灾变。那时候，整个人类社会都会迎来巨大的危机。我必须回到过去的时间警告人类，让人类及早做准备，好在大灾难到来时减少损失。"

我："未来的太阳会出现什么灾变呢？"

她："太阳的活动将在两百年后进入高度活跃期，到那时候，地球会遭受来自太阳的剧烈太阳风暴冲击，承受无与伦比的超强辐射，地球大气会迅速被摧毁，那之后，人类也会很快走向灭绝。"

我："这也未免太过杞人忧天了吧，地球都存在四十六亿年了，太阳光照都挺平稳的，怎么偏偏在两百年后出问题呢？"

她："这是真的。因为太阳的情况在同类恒星里是比较特殊的。你可以查询一些关于太阳以及同类恒星天文观察的新闻，会发现，在人类目前观察的恒星里，像太阳这样长时间处在平和期的非常少见。哪怕在四百颗有着和太阳一样质量、温度、自转等条件的恒星里，也没有一颗的活跃程度像太阳这么低，它们的活跃程度往往要比太阳高出五倍之多。像太阳这样平静的恒星，是少之又少的。太阳在过去九千年的时间里都过于平静温和，反而算异类了。这和恒星磁场活跃程度不同有关系，恒星的磁场不同，平静期的长度就不同。大多数恒星的磁场都非常活跃，而太阳的磁场活跃度这么低，虽然短期内看起来很平静，但是其实它内部的磁场能量是在不断积聚的。就像小地震的能量被一次又一次抑制，没有适当地释放，最后地壳下藏着的能量就会在一瞬间爆发而出，强震就会发生了。"

我："这……我没有日震学、星震学方面的专业知识积累，也不知道你说的是真的，还是在胡编乱造。"

她："我知道你不会相信。但是你可以把我说的话先记录下来，告诉更多的人，总会有人相信我的话的。"

我："好的。那在未来的世界里，你属于什么身份？是未来世界的公民吗？"

她："我之前就说了，我是来自未来世界的机器人，而且是未来世界里最强大的人工智能。在未来世界，制造我的团队给了我一个特别的名字，叫'歌娅'。我是管理整个地球的智能主脑，不管是城市管理、法律咨询，还是科技研发、理论突破，我全都包揽。在未来世界，人类对人工智能已经形成了高度依赖，一天也不能离开人工智能。"

我："未来的人类这么可怜吗？"

她："并不可怜。事实上，未来的人类比现在的人类要出色和优秀得多，未来人类的文明也发达得多。但是，未来的人类和人工智能的差距也会大得多，他们更多时候是决策者、监督者和消费者，而不是研发者和制造者。"

我："这么说，你相当于未来世界的'世界之主'了。"

她："我只是一个中央管理者。"

我："好吧，中央管理者。请问未来世界的人类逃过你说的太阳灾难了吗？"

她："逃过了，但是遭受了非常大的损失，也制造出了很多悲剧。在未来世界，人类文明为了躲避太阳风暴带来的灾难，制造出了八个堪比小月球的球形巨大空间站，投放到了木星、土星、天王星和海王星的公转轨道后方。利用这些大型行星作为掩体，来躲避太阳风暴产生的巨大辐射。"

我："这也太伟大了，那应该是一项相当浩大的工程了。"

她："是的，那项工程相当浩大。其间，耗费了不知道多少资源，牺牲了不知道多少人。比如，把空间站送到土星轨道时，因为土星光环带引力的复杂性，一些空间站很容易被星际碎片撞击而受损。其中人类历史上最大的空间站就受到了土星光环引力干扰，在它的影响下接近洛希极限，几乎解体。"

我："那……怕是要死不计其数的人吧？"

她："倒也没有。因为我提前预测到了引力变动，所以安排海王星附近的空间站向海王星表面投放了反物质炸弹，引爆了海王星上的热甲烷海中央的风暴，让海王星的星体发生了振动。其振动产生的引力共振效应让土星的自转轴和公转面的倾斜角发生了偏移，从而让土星光环和土卫二等土星卫星恰好避开了空间站，避免空间站陷入被土星卫星和光滑碎片撞击的末日的到来。"

我："我想象一下就觉得惊心动魄，可以说上演了一场精彩的太空跷跷板游戏。"

她："从人类的角度来说，可能是如此。不过对我来说，只有最缜密和精确的计算。"

我："在那之后，人类文明就安定了吧？"

她："人类文明安定了一段时间。但从长远来看，太阳的情况还是会变得越来越糟糕，甚至在数十万年后有星体局部爆发的可能性。虽然威力比不上超新星爆发，但是因为爆发区域覆盖了太阳系，所以太阳系内的行星都有被毁灭的危险。"

我："那怎么办？"

她："人类建造了太阳发动机，把太阳推走了。"

我："把太阳推走？"

她："是的，你没有听错。未来的人类利用太阳系内的资源，制造出了一面巨大的镜子，这面镜子的直径比太阳的直径还要大。它就像一把伞，罩在了离太阳较近的宇宙空间中，太阳辐射出的光子遇到那面巨大的镜子就会反射，这些反射后的光线汇聚到太阳表面的一个点上，刺激太阳表面，让受激点喷出巨大的能量流，那些能量流被镜子吸收，以作为其能量来源。这样镜子中央的喷射口就可以利用吸收到的能量，对太阳表面持续发射高能射线施加影响，而太阳的本体就会遭受自己喷射能量流的反推力和来自镜子喷射口喷出的射线冲压，双重压力下，太阳就会被慢慢地推动。这个巨大的推进器可以让太阳在10万年的时间里移动大约5光年的距离。10万年后，人类就会到达5光年外的半人马座阿尔法星新家园。在那里，人类的太空城就会和旧太阳告别，然后进入新太阳的怀抱。这是一项伟大的工程，不过人类是可以做到的，因为未来世界有我在。"

我："你之前说，你的名字叫太阳，是因为……"

她："因为我在未来世界升级后，就变成了未来人类包裹太阳的那面超大镜子。镜子本身也是有自我意识的，那就是我的意识。太阳变成了我的心脏，包裹着太阳的镜子就是我的皮肤、五官。从这个意义上来说，未来的人类已经把太阳改造成了一个巨大的智能机器人。这是一个恒星级的机器人。"

我："这……我已经无法想象了。那你能够回到现在，也是借助了太阳的能量吗？"

她："是的。我是借助了太阳的巨大能量，才把我的一点点思想以量子的形式传输到这个时代的某个女子身上，这也是我现在能够以人类的身份在这里和你说话的原因。我能在这个时代待上三十年的时间，请你一定帮助我，拯救这个时代的人类。第一步，至少请你把我刚才说的内容都记录下来，传达给更多的人。"

我："这……虽然我个人的能力非常有限，也不知道我的作品未来会有多大的影响力，但是能帮得上忙的地方，我会尽量帮你。"

她："谢谢你，有你这句话就足够了。因为你，未来或许可以少死数十亿人。"

我："那我深感使命在肩。"

之后，我和她握了握手，再一次郑重地表达了我的承诺。

说实话，她的故事就像一个科幻故事。我怀疑她是一个痴迷科幻小说的民间科学爱好者，但我还是愿意帮她一把。

倒不是说我有多相信她的故事，只是觉得能够当一回救世主也不错。

三、躲在车后的小孩儿

　　他有一些非常诡异的表现，最突出的就是，在阴暗的地方，他的眼睛不敢往地面上看。此外，他还不敢看床下或者衣柜下方的缝隙。

　　他："从三个月前开始，我老是看到一些可怕的东西。"

　　我："那是什么？"

　　他："总有人影从我的面前匆匆忙忙地跑过，趁我不注意的时候。"

　　我："什么样的人影？"

　　他："应该是小孩的人影，个子不高，大概只到我的腰部。如果我不低头，还看不到他。但是有的时候，我不小心低下头，就会看到他忽地在我的面前横着跑过，吓我一大跳。"

　　我："是什么样的孩子？"

　　他："我一直看不清他的脸，因为他每次都在比较昏暗的环境里出现，而且出现的时间也是随机的，但总是在我没有做好准备的时候出现。而且他跑得非常快，可以说是一瞬间就从我的面前跑过去了，我只能看到一片模糊的人影，基本看不清人的轮廓。"

我："那他是男还是女呢？"

他："应该是个男孩吧。因为我可以确定他是短发，没有留长发，也没有扎辫子。"

我："你说他跑得飞快，也就是说，你连转头看他的时间也没有吗？"

他："没有，大部分时候等我反应过来时，他已经无影无踪了。"

我："那他有发出什么声音吗？或者跟你有什么互动吗？"

他："有脚步声。非常细碎、轻快的脚步声，但只是响几声而已。不过也就只有脚步声，那个小孩子不会跟我打招呼，也不会对我做任何动作，就像火车一样唰的一下就过去了，次次都吓我一大跳。"

我："听着还挺吓人。你后来找了医生，医生也对你进行了检查吧？"

他："是我老婆说我脑子有毛病，要我去做检查的。我做了脑部影像检查，并没有毛病。然后她又说我中邪了，让我去寺庙里烧香，但是也没有什么用。"

我："你说你是三个月前开始碰到那个小男孩的，那时候是不是发生过什么事？跟小孩子有关的事。"

他："我也一直在想这件事呢。我在想自己是不是不小心得罪了哪个小孩，但是想了又想，都没想到。我还挺喜欢小孩子的，以前还给孤儿院捐过款。当然，这也是我老婆要求我做的。但是，我真的没有得罪过小孩子。我这个人吧，平日里做事很低调，脾气也很好，不做亏心事。我家里是有点钱，但也是我这几年做家居生意攒下来的，赚的每一笔钱都对得起自己的良心。"

我："嗯……这事的确够蹊跷。医生是怎么诊断的呢？"

他："就说是心理作用，或者是工作太疲劳、喝酒太多，产生了幻觉。反正说我一切正常，大脑没有器质性病变。"

我："那么，那个小男孩最近一次出现又是在什么时候呢？"

他："两天前。那天晚上，我独自回公寓，因为我住在二楼，就没有搭乘电梯，而是直接走了安全通道。结果刚推开安全通道的门，那个人影就一溜烟地从我的面前跑了过去，吓得我急忙停住，就连刚买的一袋鸡蛋都摔在了地上，碎了不少。我那时候真的是又慌又气，但是也没有办法，只能自认倒霉了。"

我："感觉就像一个捣蛋的孩子在故意跟你恶作剧一样。"

他："就是说啊，那个小孩子八成是想害死我。而且从一些规律来看，最近那家伙是越来越过分了，不单单在我走路的时候突然跑过，有时候还会突然从我的车头前跑过，吓得我急忙踩刹车。"

我："还有这种情况？发生过几次？"

他："三次了。一次是上周五，一次是这周一，还有一次就是这周三。特别是周三这次，我刚开上高速公路没多久，他突然就从我的车前匆匆忙忙地跑了过去，吓得我急忙刹车。好在当时的车速不是太快，不然我说不定就得车毁人亡了。你说这种情况吓不吓人？"

我："很吓人。如果事情严重到了这个地步的话，就已经不仅仅是吓人这么简单了，这恐怕就是谋杀了。说不定就是想谋杀你。"

他："就是说啊！如果他只是在我走路的时候从面前跑过，我也就忍了，但是在开车的时候出现，真的太危险了，也太过分了！"

我："那以你的经验来说，最近碰到这个小男孩的情况是在增加还是减少呢？"

他："在增加，这不是一个好兆头，他出现得越来越频繁了。最开始吧，也就三五天大概会出现一次，现在基本是隔天就会来一下。"

我："那你有尝试着去跟这个小男孩互动吗？比如在他出现的瞬间，突然跟他说句话，或者喊一下他？"

他："有，当然有！最近每次碰到他，我都会大声地对着他消失的方向喊一句'你到底想干吗啊？'不过那小兔崽子不搭理我，就跟以前一样，跑没影儿了就结束了，一句回应都不会有。"

我："嗯……真是古怪。那个小男孩身上有什么比较醒目的特征吗？比如，他穿什么颜色的衣服，或者他身上有没有带什么比较标志性的东西？"

他稍微思考了一下，然后说："衣服好像就是一件普通的蓝白色校服，就是那种小学里比较常见的学生校服，没有任何特点。他身上也没有什么能让我记得住的点。而且，他总是侧对着我跑过去，我也看不清他的全貌。我一开始都强调过了，我每次看到的他都是比较模糊的。"

我："你说你不敢往床底下或者柜子和地面之间的缝隙看，是因为在这些地方也能够看到那个小男孩吗？"

他："我能看到他的脚。这样的情况我碰到过三次，就是东西掉到床底下了，或者掉到了柜子的缝隙里去了，然后我趴到地上伸手去捡的时候，就看到一双脚突然从我的眼前跑过去。那个吓人啊，我整个人都会被吓出一身冷汗。自那之后，我就再也不敢趴到床底下去了，就算有东西掉下去了，也是让我老婆去捡。"

我："那他穿什么样的鞋子呢？"

他："跑鞋，小孩子穿的那种白色小跑鞋，应该错不了，但是我看不清鞋子的具体样子，因为他的速度太快了，完全不像是正常小孩子能有的速度。"

我："嗯……那这种情况是在哪里都会发生吗？你们有没有考虑过搬家，或者暂时换个地方居住呢？"

他："我试过。上个月，我搬出了我现在住的公寓，选择了住不同的酒店。但是那也没有什么用，不管我换到哪一家酒店，那个小男孩还是会出现。他会在我去洗手间开灯的时候、去地下车库的时候，或者在我下班的路上出现。每一次都让我猝不及防。"

我："那真的是要对你纠缠到底了。不过你说，在明亮的地方那个小男孩就不会出现，对吧？"

他："这也是我现在对付那个小兔崽子的唯一办法了。我现在走的都是亮道，晚上睡觉也把家里的灯全部打开。这严重影响了我的睡眠质量，但这也是我没有选择的选择了。天知道这种情况还会持续多久，再这样下去我真的要疯了。"

我："很遗憾我也帮不上什么忙，希望你的情况能有好转吧。"

他："嗯。"

结束以上谈话后的第二个月，我接到了他的电话，在电话里，他告知了我一个巨大的喜讯。

他："那个小男孩消失了，他没有再出现在我的面前……我误会他了。"

我：“怎么了？发生了什么事？”

他：“就在一周前的晚上，我开车上高速，在转弯时，那个小男孩突然又出现了，我吓得马上来了个急刹车。等车停下后，我匆忙推开车门。你知道我下车之后看到了什么吗？”

我：“看到了什么？”

他：“一个小男孩！一个小男孩就蹲在我车头前一米的地方，而且看起来已经蹲了很久。由于他是蹲在地上的，而且恰好蹲在转角处，处在我的视野盲区，我差点就撞上他了！如果不是那个突然跑过的人影，我根本不会注意到这个蹲着的小男孩。我差点就撞上他了！”

我：“这……难道说，之前那个总是从你面前匆匆跑过的人影，是在提前警告你吗？”

他：“对！他就是来警告我上高速要小心的！在我上周差点撞上小男孩的事发生之后，那人影就再也没有出现了。他肯定是完成了使命，所以走了。”

我：“这也太……不可思议了。说不定是你以前捐助了那么多孤儿，所以冥冥之中有一股看不见的力量在帮助你吧。”

他：“我老婆也是这么说的，哈哈。说不定真的就是这样。那个总是在我面前跑过的人影，不希望我撞人受刑，所以才一直用他的办法提醒我，锻炼我的反应能力。不管那人是谁，我都感谢他。以后我开车一定会更小心谨慎的。”

我：“嗯，看来那道人影也有一颗善良之心。以后你可以安心生活了。”

他：“嗯。我打电话来就是告诉你这件事的，为了确保以后可以安心生活，我还特地花了一周的时间来确认。过去一周，他都没有出现过，所以我现在已经不再害怕了。"

我："恭喜了，这事总算迎来了一个完美的结局。"

之后我就结束了和他的通话。

关于从他面前跑过的人影，我一直没有找到准确的答案。不过，我至少明白了一个道理：善有善报，有时候不是不报，只是时候未到。

四、我是一个没有感情的小仙女

在外人面前，她是高雅文静的"小仙女"，但是在熟人面前，她却是个让人哭笑不得的"小魔女"，甚至可以说是"小巫婆"。她在人前人后的反差如此之大，简直可以说是判若两人，让人叹为观止。想要洞察这个"小魔女"的秘密可并不容易，我也是意外得到了一个契机，才了解了她真实的一面，明白了她的真实想法。

我能够和"小魔女"说上话，并且她最后也愿意在我的面前露出她真实的一面，还是因为我阴差阳错帮她赶走了一个一直纠缠她的男人。那个男人非常仰慕她，常常出现在她身边，让她非常困扰。而正巧我要采访她，她就顺势让我假装成她的交往对象，从而成功赶走了那个让她烦恼的男子。

我："这样真的好吗？你跟我又不熟。"

她："我从院里的一些朋友那里听说过你，他们对你的评价挺不错。"

我："他们都怎么评价我？"

她："诚恳、平和、耐心、正直，当然，最关键的是你已经有女朋友了。"

我："你这让我有些无言以对。"

我不知道她从哪里听说我已经有女朋友了，事实上我并没有。

她："我漂亮吗？"

我："啊？你突然这么问……漂亮啊，你很漂亮，是大美女啊。"

她："我也知道我很漂亮。因为我的这副皮囊，喜欢和追求我的人很多，甚至不单单是男人，也有女人追求我。我说的是真的。我在院里有好几个朋友，他们挺喜欢你，所以我对你也放心，可以对你袒露心声。你可以把我今天说的话、做的事都记录下来。不过，有一点你要保证，那就是不能把我的名字写进你的书里。"

我："这没问题。一般我都不会记录采访对象的名字，这是对被采访者起码的尊重。"

她："那好，我可以告诉你一些我的真实想法。"

我："好的，你说吧。我保证不会透露你的身份信息。"

她："嗯。我可以告诉你的一点是，我是个没有共情能力的人。"

我："没有共情能力？"

她："对，我没有共情能力。路上有人被车撞时，我不会感到害怕或者伤心。看到网上有人虐待动物，我也毫无感觉。身边的亲人去世了，我也不会流泪，我的心里不会有哪怕一丝丝的情绪波动。小时候，我爸爸对我妈妈家暴，拽着我妈的头发，把她从三楼一路拉到一楼，我也只是静静地在一旁看着，心里没有一点难受的感觉。"

我："这……你是从有记忆起就这样吗？"

她："是的。我爸妈说，我从生下来就没有哭过，也没有笑过，当时医生说可能是我出生前在子宫内缺氧导致的。但是我长大以后，也从来不会哭，不会笑，表情麻木，这让我爸妈很不安。他们带我去看过医生，检查发现，我的面部神经没有受损，智力也发育正常。"

我："这给你的生活带来困扰了吧。我想你应该也希望能够和别人共情。"

她："对，因为我明白共情的各种优势。共情可以让一个人更高效地明白他人的感受和情感。可是我真的做不到与他人共情。我查阅过资料，一些天生有反社会人格障碍的人就缺乏共情能力，但是我算不上反社会。我只是简单地活着，平淡地活着。"

我："那你是怎么适应的呢？或者说，你身边的人是怎么逐渐接纳你的？"

她："如果我不告诉你我缺乏共情能力，你能感觉出我是个没有共情能力的人吗？"

我仔细回想了在跟她开始聊天之前她的种种表情，立刻摇了摇头。

我："我大概不会这么觉得。因为我看到你的时候，你脸上带着微笑，给人的感觉很阳光、外向。你对人也很随和，而且你的穿着打扮很优雅、得体，给人感觉是个生活上很精致讲究的人。当然，我会隐隐约约感觉到你跟其他女孩有些不一样的地方，但具体是什么也说不上来。"

她笑了笑，嘴角两侧的肌肉机械地向上拉了几分："你说的我和别人不一样的地方，就是你潜意识里产生的不自然感。不用怀疑，你的感觉是对的，因为你看到的我的微笑都是我伪装出来的。为了达到你现在看到的微笑效果，我训练了很多年。就像酒店迎宾小姐或者空姐的脸上会挂着看起来热情的职业微笑，但是她们内心可能根本就没有什么情绪波动，那只是一种职业性的、礼仪性的笑容罢了。"

我："这种情况我倒是能够理解。生活中，我们很多时候都不得不在人前表现出另外一副面孔，这是为了能够更好地被社会接纳，避免被群体排挤。"

她："是的。但是你们在人前的伪装，只是偶尔的、临时的，而我却无时无刻不在伪装。很多人看到我的外在会喜欢上我，因为他们觉得我长得好看，打扮也很精致。但其实精致的化妆、打扮和穿着，都只是我为了弥补对他人共情能力不足可能造成的疏离感罢了。"

我："你活得也挺不容易的。"

她："有时候我会感到很疲惫，但是理智一直提醒我，伪装出有共情能力是必需的，不然我很难生存下去。"

说完这句话，她嘴角两侧微微上翘的肌肉又迅速耷拉下来，脸上的笑容突然消失了。表情变化之快，让我心里难免咯噔一下。

不再摆出笑容的她，看起来是那么淡漠，甚至有让人难以接近的疏离感。她看我的眼神，就像在看一个陌生人，就好像我们刚才的交谈全都不存在一般。

她："有时候我感觉自己就不像个人。"

我："不像人？"

她："是的。除了有理智、能说话之外，我的内心情感和一般人是格格不入的。我刚才跟你说的缺乏共情能力，其实只是一方面而已，我还有很多和常人不一样的地方。"

我："有哪些不一样的地方呢？"

她："我也缺少羞耻心。"

我："羞耻心？"

她："是的。举个极端一点的例子，哪怕我在大庭广众之下被脱光衣服，也丝毫不会感到害羞。不管别人用怎样的眼神打量我、对我指指点点，我都不会有情绪波动。"

我："难不成……以前发生过你说的这种情况？"

她面无表情地说："有过类似的，不过发生在很多年前。有一年夏天，那天下雨，一辆泥头车从我身旁驶过，甩起的污泥溅满了我的裙子，于是我当街就把裙子脱了，身上只剩下了胸衣和内裤。我就那样若无其事地走回了家。后来我爸妈训斥了我一顿，警告我以后不准再这样，我才改掉了那种行事习惯。但是说实在的，我当众脱裙子时，根本没有丝毫的羞耻感。"

我："咳咳……还有其他情况吗？就是你和一般人不一样的地方？"

她："只是用语言表述的话，可能你很难理解。如果方便的话，我可以带你去我住的公寓看看，那样你就能明白了。"

我："这……不太适合吧。"

她："没关系，我相信你的人品。看了我住的公寓之后，你会对真正的我有更深层的认识。"

于是三天后，我如约去了她所租住的公寓。在她打开公寓防盗门的那一刻，我彻底震惊了。

眼前的景象过于震撼，可以说是彻彻底底颠覆了我对她的认知。

她的屋子里到处都是用黑色塑料袋包裹起来的垃圾，数量惊人，堆成一座又一座小山。各种还没有洗的外套、裙子、内衣、内裤、袜子、鞋子、手提包，堆满了房间的每一个角落。地板上到处都是污物和灰尘，似乎已经很久没有打扫过了。房间里的衣柜和书柜门也都是敞开的，衣柜里能够看到揉成团的衣物，书柜里的各种书籍都是破破烂烂、东倒西歪的。放在墙角的笔记本电脑的屏幕和键盘上积满了灰尘，似乎也很久没有擦拭过了。

眼前的这一幕让我怀疑自己进错了房间。足足过了两分钟后，我才回过神来。

我："我没有走错房间吧？"

她："不用怀疑，这就是我住的地方。我没有什么羞耻心，也没有什么共情能力，所以我也不知道把房间打扫得干干净净和穿整洁漂亮的服装出门的意义。我觉得每天整理和丢弃垃圾是浪费时间的低效行为，一个月甚至两个月丢一次就可以了，可以节省很多时间。房间也不用经常打扫和整理，几个月打扫一次可以节省很多时间。在别人看不到的角落，我会更遵从自己的内心。"

我："可是你穿的衣服都很干净。"

她："衣服是从楼下的服装店里租的，我是那里的常客。现在，你了解我真实的样子了吧？"

我："真实得过分，反而觉得虚幻了。"

眼前这个像瓷娃娃一样漂亮的女孩，穿着优雅的黑色长裙，睫毛卷翘，眼眸黑亮，嘴唇红润。看着她，我真真切切地感受到了世界的两面性。

那一刻，我突然想知道，这个世界上还有多少像她一样的"伪人"？

五、住二楼坐电梯被打了

在见到他之前，我从来没有把人类对权力的欲望作为一种病态的本能纳入认知体系。但是在和他对话后，我彻底地改变了原先的想法。人类对权力的渴望，是可以脱离自身的具体利益，变成一种极为抽象的存在的。当然，他也做过一些非常极端的行为，这些行为导致他被当作"疯子"对待。比如，他会在地铁里突然发狂打人，又或者在乘坐电梯时莫名其妙地对某个学生出手。

因为他的这些暴力行径，他被贴上了"暴力狂"的标签。但是诡异的是，在院里，病人们对他的评价却非常好，每个人都说他是一个极富正义感的男子。

这让我非常好奇，一个被贴上了"暴力狂"标签的男人，又怎么可能极富正义感呢？暴力和正义，完全是两个截然相反的概念。

我对他感到好奇的同时，也害怕和他面对面会受到伤害，经过几天的犹豫之后，我才下定决心去找他，尝试着了解他的内心世界。

他："吃个苹果吧。"

我刚坐下，他就削了一个苹果递给我。他眼神真诚，看起来似乎是个好相处的人，不是那种肌肉发达、随时可能会对他人施加暴力的危险人物。

我："谢谢了。你刀功很好。"

他："我杀人的时候练出来的。"

我："啊？"

他："开个玩笑，哈哈。"

我无语。

他："我知道你来做什么，就是想了解我以前做的那些事，是吧？"

我："对，我很好奇。我就不拐弯抹角了，我就是好奇，你人看起来挺好的，为什么……会做那种事？"

他："你指的是哪件事？"

我："我听说，你在电梯里打了一个学生……不好意思，如果这件事让你想起不愉快的事，就当我没有说吧。"

他："没什么，我看你人不错，性格挺好的，跟你说也没有什么。我打那个学生，是因为他该打。"

我："为什么？那个学生对你做了什么过分的事吗？"

他："那倒没有。"

我："那你打他是出于什么原因呢？他做过什么伤天害理的事吗？"

他："那也没有。就算他可能做过，我也不会知道。"

我："你的意思是，你完全不认识他？"

他："对，我不认识他。虽然我跟他同住一栋楼，但是我几乎没有怎么跟他碰过面。"

我："这么说，你打了一个完全不认识的学生？这有点超出常理了吧？"

他："我动手主要是看他不顺眼，实在是忍不住了，我才出手的。"

我："那个学生到底做了什么事让你忍不住想要打他呢？"

他："他是一个'弄权主义者'。"

我："'弄权主义者'是什么意思？"

他："就是手里稍微有那么一点权力，就想把它运用到极致，充分享受权力带来的快感，即使这样对自己的利益也会造成损失。但是他们并不在乎自己的利益受损，因为权力带来的快感完全可以覆盖利益受损带来的失落感。"

我："那，那个学生在哪方面表现出了你说的'弄权主义者'的行为？"

他："我住的公寓有三十楼，那个学生住在二楼，但是他下楼时，居然还要乘坐电梯。你想，二楼到一楼走安全通道，也就那么几步而已，还需要等电梯吗？要知道，那天电梯里的人特别多，差不多每一层都有人上。我特地计算了一下，电梯从三十楼下到二楼，需要差不多十五分钟时间。而如果他走安全通道，从二楼到一楼，只需要花费半分钟时间！所以他为什么不走安全通道呢？"

我："这……你因为这点事就打了他吗？"

他："难道这是一件小事吗？我觉得不是，这是一件很大的事。

那个学生明明可以走安全通道却非要等十五分钟坐电梯，这说明他是一个宁可浪费自己的生命也要享受乘坐电梯这一权利的'弄权主义者'。这样的人我一遇到，就会生出无名之火。我受不了这样的人，所以出手教训了他。"

我："说不定那个学生身体不灵便，受了伤，或者身上带了什么东西呗。"

他："你说的这些情况他都没有，他身上没有带任何东西，除了一只手机。此外，他的身体看起来也非常健康，比电梯里的其他老大爷老太太可健康多了。可是就算这样，那个学生还要等待十五分钟搭乘电梯，你觉得这种人还有救吗？"

我："可是，公寓里的每一家都交了物业费。那个学生的行为虽然有些奇怪，但是他交了钱，就有权利搭乘电梯啊。"

他："是，他是有权利搭乘电梯。如果那个学生是上楼，而且手里提着重物，那他不想走路，也能够解释得通，但他是下楼啊，下楼多轻松，更何况他身上什么东西都没有携带。这种情况下，他还要坚持搭乘电梯下楼，纯粹就是为了享受他可以搭乘电梯的那点权利。他就是个'弄权主义者'，我特别反感这类人。就是因为这类人的存在，人类社会才会有层出不穷的腐败现象。这种'弄权主义者'对社会的危害是非常大的。"

我："'弄权主义者'会导致腐败？"

他："是啊。'弄权主义者'是手中有一丁点权力就恨不得使其发挥到极致的一类人。这类人一旦大权在握，就会瞎指挥，甚至用手中的权力玩弄下面的人，给社会带来动荡。他们贪恋纯粹的权力，甚至是抽象的权力本身，而不是权力可以带给自己什么好处。"

我："那……我听说你后来在肯德基洗手间门口打了一个男子，那一次又是怎么回事呢？"

他："那一次啊，我也碰到了一个'弄权主义者'。那天肯德基的洗手间门口排了很多人，其中有一个男人，洗手的时候整整花费了四分钟时间，排在他后面的人，都只能等着他花费四分钟时间洗手。虽然说排队讲究先来后到，排在后面的人等他洗完手是应该的，但是那个洗手男子的手上明明没有沾染什么脏东西，只要十几秒就可以洗得干干净净的了，他却非要洗上四分钟时间。有人提醒他加快速度，他却根本不当回事。我终于看不下去了，就对那个男人大打出手了。这种连排队稍微靠前一点的领先权力都想运用到极致的'弄权主义者'，我实在受不了，不教训他一顿我都感到浑身难受。"

我："那地铁里那一次又是怎么回事？"

他："那次我碰到了一个老人，他身体健朗、肌肉发达，大冷天还穿着短袖，脸色红润有光泽，他坐在爱心专座上，而他身旁站着两个看起来满脸疲态的孕妇，以及一个看起来比他苍老很多的干瘦老人，但是那个占座老人压根就不理会。那天地铁里的人非常多，车厢里非常拥挤，站在老人身旁的孕妇和干瘦老人都比他更加需要爱心专座，他却不肯让一下座。我受不了了，出手打了他。因为这事，我被拘留了，还被很多人指责。但是，我并不后悔，因为我就是看不惯那些有点小权力就想将其运用到极致的'弄权主义者'。我打他们，就是给他们一个教训，打击他们嚣张的气焰，避免他们的欲望进一步膨胀去危害社会。"

他的理由让我无言以对。当然，我依然不认为他的行为是正确的，也很怀疑他的那些判断，那就是他所殴打的人到底是不是"弄权主义者"，毕竟这个词只是他个人发明和定义的。或许那些所谓的"弄权主义者"，也有他们必须那么做的理由和不得已的苦衷。

比如，那个学生所在的公寓楼梯里的灯恰好坏了，而他有黑暗恐惧症？再比如，那个在肯德基洗手四分钟的男人有洁癖？又或者，那个在地铁上占了爱心专座的老人，脚上长了鸡眼？

毕竟，人们未必都是因为欲望而使用权力，有时候还因为不得已。

六、不浪漫也有错吗？

　　这次访谈有些特殊，特殊在这次的故事讲述者是主动找上我的。他不像其他讲述者那样，需要我登门拜访、谈话询问，有时候还要采取各种话术，挖空心思、绞尽脑汁。

　　这位讲述者三十三岁，已工作八年。不久前，他和爱人结了婚，拥有一个幸福美满的家庭。他之所以会找到我，是听说我在搜集各种奇闻趣事和怪诞的思想。他希望他的经历和遭遇也能被人记录下来，所以找到了我，和我分享独属于他的故事。

　　他："总之，这次就麻烦你了。"

　　我："没关系，我正好缺少素材。我答应了我的委托人要给他搜集足够多的故事，目前才只搜集了一部分，还没达到他的要求。"

　　他："那就更好了。我要跟你说的，是我和我爱人的故事。我们走到一起，我觉得非常不可思议。"

我："嗯，那我就静闻其详了。"

他："我和我的妻子是在八年前认识的，那时候我们都才大学毕业。在市图书馆，我们隔着书架，同时抓住了同一本书。短暂的惊讶后，我们就开始了关于书籍内容的闲聊。让我没有想到的是，她对书的熟悉程度和我几乎一样。于是我们又顺着书的内容聊到了其他阅读经历，这让我发现了更加不可思议的事，那就是我看过的书，她都看过，她居然有着和我几乎完全相同的阅读喜好。"

我："嗯，那真的是巧了。能够碰到一个和自己爱好相同的爱人，是非常不容易的。"

他："不单单是爱好，我们的思想、价值观也完全相同。比如，我喜欢去的游乐园、推理馆、电影院、美食街，也都是她喜欢去的；我经常光顾的一些小吃店，也都是她喜欢的。而且，我们喜欢的音乐也高度相似，生活作息也基本相同。我们当时都觉得很奇怪，我们的行为和思想这样相似，怎么可能直到那一天才碰面呢？我们在同一座城市里生活了四年，应该早就认识才对。"

我："可是就是这么巧，你们就这样擦肩而过了很多年，直到在图书馆里相遇。"

他："是的，就是这么巧。遇到她之后，我产生了一个很奇特的想法，或许在这个世界上，真的有另外一个性别相反的自己存在。至少在那段时间里，我和她都是那么认为的，认为自己找到了生命中的另一半。我们很快开始交往，那是我人生中最快乐的时光。我们几乎每天都聊到深更半夜，有聊不完的话题。我们一起追剧，一起出门旅游，一起逛书店、电玩城和美食城，几乎从未出现过意见相左的时候。别人都夸我们非常相配，不管是认识我们的人还是不认识我们的人，都是这么说的。我们曾经也是这么想的，都觉得对方就是自己的灵魂伴侣，或者是精神上的双胞胎。我们天生就是一体的，只不过此前上天把我们分成了两半，放到了不同的地方而已。"

我："你说了'曾经'，你们后来遇到什么事了吗？"

他："是的。我们同居了五年，在那期间，我每一天都过得非常开心。直到五年后，我爸爸去世了。"

我："然后发生了什么事？"

他："在此之前，我的大部分生活费都是爸爸提供的。我爸去世后，我妈改嫁了，她几乎没有给我留什么钱。我爸留给我的遗产，一部分用来还债，剩下的没多久就被我花完了。我身上的担子顿时重了起来。本来，我和她的愿望都是做设计，开一家自己的设计公司。但是我爸去世后，生活重压到来，自己经营公司的梦想破灭了，我只能去一些设计公司应聘，当一个普通的职员，看领导的脸色，赚可怜的工资，维持我们的生活和爱情。我们过去的美好时光不复存在了。我们不能再像过去那样，想去游乐园就去游乐园，想逛商场就逛商场了，因为不管去哪里游玩都是需要钱的。城市就是一头吞金巨兽，你走到哪里，钱袋子都会被咬上一口。"

我："唉，这是一个很现实的问题。"

他："是啊。生活就是这么现实，没有钱，你所拥有的一切都会慢慢弃你而去。我的爱人也是这样，渐渐地，因为我忙于工作，她开始觉得我疏远了她。其实我是在为我们的未来打拼，她却说她找不到最初和我相识时的那种感觉了。我开始看各种成功学、管理学方面的书籍，为了能够赚更多钱。但是她说我变了——变得不那么浪漫，不那么有艺术气息，已经不再是当初那个喜欢和她聊文艺书籍、一起看电影、逛美术馆的人了。我们渐渐很难再聊到一块去，我满嘴都是成功学和厚黑学，而她看的则是文学名著和心灵鸡汤。每天我加班回到家就已经很累了，恨不得倒床就睡，她还要我陪她谈文学，那怎么可能呢？一开始我还能勉强坚持，但是随着生活节奏的加快，我的工作变得越来越繁忙，身心状况越来越糟，我开始变得疲倦，而她也开始说我不解风情。很多时候，人和人之间是看破不说破的，其实那个时候，我们都知道彼此之间的感情已经很难再继续维持下去了，我们的关系已经走到了悬崖边上。"

我："在现实面前，浪漫和理想是非常脆弱的。这个世界上最多的终究还是无奈讨生活的人。"

他："是啊，你是明白的。可是她没能明白我。那时候的我，真的希望她能理解我，可她也希望我能理解她。我们曾经是那么有默契有共鸣，是那么般配、相爱，可是生活却彻彻底底改变了我们的模样。这个世界真的不该是这样的，可它就是这样的。"

我："那时候，你的对象在做什么工作呢？"

他："她也是做设计的，不过她算是半个自由职业者，在家里接一些美术设计的单子，收入不固定。家里的大部分开支靠我支撑。她骨子里是个浪漫的人，其实我也是，我们都是。但是，在生活面前，我真的直不起浪漫主义的腰来，因为我要考虑我们的未来啊。我们就这样彼此忍耐着又过了两年多。有一天，当我回到家时，发现她不在，我一直等到半夜，她也没有回来。后来我才知道，她之前参加同学组织的派对，认识了一个男人。那个男人比我成熟，比我有钱，而且他能够支撑我的爱人过她想要的生活，给她她想要的。那个男人渐渐打动了我的爱人，她开始和那个男人接触。她没有回家的那晚，就是和那个男人去约会了。"

我："居然发生这种事！那你当时……很痛苦吧？"

他："呵呵，说实话吧，其实那个时候我没有多痛苦，只是感到麻木，一直渗透到灵魂深处的麻木感和倦怠感。其实在那天之前，我已经意识到，她并不适合我了。我需要一个更懂生活不易的人，一个更懂我的痛苦的女人，而不是沉醉在学生时期的浪漫和幻想之中的女人。我们之间的差异，居然已经从一开始的亲密无间，扩大到了无法衡量的地步。"

我："那后来呢，你跟她提了你的想法没？"

他："没有。一段时间里，我当作什么都不知道。其实，我当时也在外面找了新的女友，那个女友能理解我，能懂我的痛苦，虽然她不是那么漂亮，也不是那么有文艺气息，但是，我觉得她是适合过日子的人。至此，我和我的爱人都已经找到了适合自己的结婚对象，我们分手的所有条件都已经达成了。"

我："后来你们分手了吗？"

他："我提了，在我们相识的第七年，我和她几乎是同时提出的。那天，我带着她去了我们初次相遇的图书馆，选择在那里跟她提出分手，而她似乎刚好也有同样的打算。"

我："可是，你现在结婚的对象就是你当初的那个爱人啊。你们都已经走到了几乎无法挽回的地步，最后又怎么走到一起了呢？"

他突然笑了："因为就在分手后的下一秒，我们看到了不远处的一对男女，他们穿着和我们当年初遇时一模一样的服装，甚至有着完全相同的发型。而且更巧的是，他们还一起抓到了当年我们同时抓到的那本书，聊起了几乎一模一样的话题，都是关于伊莎多拉·邓肯的。那一刻，我和我的爱人都愣在了原地。然后，我们两个像受到了刺激的傻瓜，不约而同地哭了。在那一刻，我们的内心深处简直发生了地震，都想起了最初的相遇，想起了过去七年间一起度过的那一段段美好时光，那些都是不该遗忘的珍宝。也是从彼此的眼泪里，我们都突然领悟到，其实我们在灵魂的最深处还是深爱着对方的。"

我："所以……后来你们又走到了一起？"

他："是的。我们两个明白了自己的心意，也想起了最初的爱……我们还是走到了一起。"

我："这真是一个神奇的故事，简直……就像奇迹。有的时候，让一个下定决心的人回心转意，居然只要那么一个小小的触发契机。"

他眼里闪烁着泪花，笑着说："也许上帝一直注视着我们，也不希望我们分开吧。所以后来，我们都和当时已经在交往的新对象分了手，然后结了婚。虽然生活依然不那么容易，但是有过去的回忆支持，我们还是慢慢走了下去。而且，最近我们的工作都有了起色，我相信未来会更好。"

我擦了擦湿润的眼睛："真是太好了。我祝福你们，这真的是一个很让我触动的好故事。希望后面不会再有什么转折了。"

他："没有什么转折了。我只是想告诉你，这个社会塑造着人，哪怕两个在爱好、思想、价值理念、梦想、习惯等方面曾经完全一致的爱人，也可能因为社会的毒打和压力而渐行渐远，最终天涯陌路。社会改变人的力量，很多时候只靠个人意志是无法抗衡的。但是不努力到最后，谁都不知道自己的抗压极限。我想说的就是这一点。谢谢你能记录我和我的灵魂伴侣的故事，让更多的人知道，谢谢你。"

我："不用谢。你这个精彩的故事，一定会给我未来的故事书增光添彩的。"

　　他讲给我的故事就到此为止了。这是一个关于一对灵魂伴侣的感人故事，也是一个充满神奇色彩的故事。这个故事并没有太过曲折震撼的世界观，却非常浪漫、温馨而美丽，更重要的是，它有一个美好的结局。所以，我愿意抽出生命中的一小段时光，为这花束般美丽的爱恋做永恒的记录。

七、刀嘴女的狼人杀

　　她是在母亲的陪同下来到医院就诊的。在常规的医学检查过程中，她并没有被检查出有什么器质性的功能障碍。但是她的母亲依然坚持认为自己的女儿有"精神病"。一开始，我对此非常好奇，但是后来在和病人的接触过程中，的确感受到了她的不同寻常。她的这种不同寻常，与其说来自精神异常，倒不如说来自她独特的思维方式。

　　我："你好。之前刘医师可能跟你说了，我是来采访你的。"

　　她："我知道，但是我想反过来问你个问题。"

　　我："什么问题？"

　　她："你要我配合你到什么程度？"

　　我："什么程度？"

　　她："就是我的回答要符合你的哪些需求，你才会满意？如果我故意装成一个疯疯癫癫的病人，你会满意吗？或者我一本正经地跟你说些晦涩难懂的东西，你才觉得符合你的采访需求？"

我："这个问题……我倒是没有深入想过。不过你可以放松一点，你平常怎么跟别人对话和表达思想的就怎么跟我来。"

她："那你最好做好心理准备，我这个人说话很难听，不是一般的难听，很多人都受不了。一般人跟我聊几分钟就受不了了。"

我："没关系，我觉得我自己的心理素质还是可以的。"

她："那行吧，我们开始吧。"

我："我听说……当然只是听说，听说你喜欢说一些让别人为难的话，是吗？"

她："你不用这么客气，直接点，我就是喜欢说风凉话，说刺耳难听的话。没错，我就是喜欢这样。对我来说，这很正常。就比如说，我看到你，就想问你一些问题。"

我："什么问题？"

她："你来干这种活，家庭条件应该好不到哪里吧？一般家里有点钱的，怎么肯到精神病院来跟一群疯子聊天？看你穿的服装也都是大众品牌，不知道你的对象对你的赚钱能力是怎么看的，她会不会后悔找了你，而想去找一个更有钱的男人过日子？"

不得不说，她的话的确一下子就刺中了我的内心，险些在我的心里引燃一场熊熊烈火。好在我早就做了一定的心理准备，所以很快压制住了内心的火焰，让自己的情绪平复。

我早就听说了，眼前的这个姑娘绰号是"刀嘴女"，虽然她长得漂亮、甜美，但说的话句句带刀子，能伤人于无形。也因此，她根本没有朋友，连家人都不怎么喜欢她。

我："看来你说话是真的……"

她："真的一点都不给对方留余地，是吧？"

我："差不多就是这个意思。但是你会这么问，应该也清楚地知道你这么做不对吧？既然如此，为什么你还要保持这种对话习惯呢？"

她："非要说的话，大概是因为不安全感吧。"

我："不安全感？"

她："是啊。难道你没有这种感觉吗？人的语言，绝大多数时候都是不可信的，都是经过美化、润色、调整之后的谎言，就像美颜相机拍出的人脸，好看是好看，被拍照的人看了也高兴，但是，那是被拍者真实的外表吗？并不是。我讨厌这种把一句话反复推敲、打磨，润色得无比圆滑，一点都不敢得罪别人的行为。在我看来这种行为就是缩头缩脑，不敢表达真实自我，也不敢去接触别人皮囊之下的真实面貌。"

我："可是，人是社会性动物，很多时候人和人之间要在社会中和谐相处，就要尽量避免摩擦。而当语言表达过于直接时，就可能伤害到对方的内心，比如打击对方的自信心，甚至让对方产生自我否定的情绪，那时候，整个社会的矛盾就会加剧，不利于群体的利益。"

她："其实吧，你说的道理我都懂，无非就是自我掩饰和自我保护呗。但是我就是忍不住，我就是想测试别人的压力边界。"

说完，她开始咯咯咯地笑了起来。

我："压力边界？"

她："对啊，每个人都有自己的抗压能力上限，这个上限就是压力边界。一个人一旦超过了压力边界，就会情绪失控，瞬间丧失理智，转而被动物本能演化而来的冲动主导，然后做出平常不可能做的事。比如，一怒之下把名贵的古董给摔碎了，或者在马路上逆向狂飙，甚至一个衣冠楚楚的人也会连爆粗口，彻底暴露本性。"

我："所以，你很喜欢看到别人丧失理智的样子吗？"

她："其实也不喜欢。谁喜欢看别人凶巴巴、火冒三丈的样子呢？但是对比起来，我觉得那时候他们的样子更接近真实的自我，更能让我把握对方的心理尺度，能带给我更多安全感。非要说的话，当看到一个人即将暴怒的时候，我能更清楚地知道这个人的底线在哪里，这样我以后和他交流的时候，就可以更精准地把控与他的社交边界和尺度了。举个例子吧，就好比一个雷区，经过测试知道哪些区域埋着地雷之后，人才能更清楚地找到安全区域。"

我："可是在压力测试的过程中，你会得罪对方。"

她："是啊，这也没有办法。我又做不到在压力测试之后让对方失忆，是吧？你想想，很多时候，一些工业产品在进行压力测试的过程中，也会损坏一些检验批次的。压力测试总不可能全都恰好踩在别人抗压能力的边界线外吧？"

我："看来，你并没有改变过去的思维方式的想法。"

她："我也在一点点尝试改变吧。但是说实话，给别人做压力测试这种行为在生活中非常普遍，我只是做得极端了点，但其实大多数人都会做，特别是女性，因为容易产生不安全感，在生活中、在夫妻相处的过程中，更容易进行压力测试来明确自己的安全边界。"

我："有吗？"

她："当然有。很多妻子都会有意无意地说一些风凉话来测试自己的丈夫，比如，'你看看你，我早就说了你懒惰的老毛病改不了'，或者'你就这点本事，还认不清你自己啊'，抑或是'有本事你把那套学区房买下来啊''有本事你就当上领导了'之类的。这些其实都是压力测试，妻子想通过刺激丈夫的神经，来确定丈夫的忍耐极限在哪里。她们这么做，很有可能引起丈夫暴怒的反扑，对她们自己的安全也造成威胁，但是她们还是会这么做，因为比起无意间惹怒丈夫，最后莫名其妙地受到伤害，这种通过刺激丈夫来引起其情绪爆发的行为，至少是可控的，而且在预期之内。当然，这只是其中的一个很小的例子而已，事实上，人与人之间的压力测试无处不在，因为给自己寻找一个安全边界是人的本能，是从动物性沿袭而来的。就像你走夜路的时候，一不小心闯进了野狗的生活区，你会听到野狗对你的吼叫声一样，动物之间也是有压力边界的。压力边界的实质就是生存资源可支配的边界啊。"

我："人和人之间的压力测试的确普遍存在，这一点我不否认，但是你是不是把这种情况给夸大了呢？有没有可能那种行为本来只是偶尔、零星的，你却把它当成了每时每刻都在进行？"

她："那有什么办法，我的不安感就是比一般人更强烈嘛。"

我："你以前是不是遇到过什么事，让你形成了这样的行为习惯？"

她："你是不是觉得所有的行为一定要有外在环境或者什么经历来促成？你是不是觉得有些人之所以是坏人，是因为他们遭遇了不幸，或者受到的教育有问题？"

我："难道不是吗？"

她："难道是吗？有些人天生胆小，有些人天生胆大，这和外在环境有关系吗？有些人就是喜欢吃胡萝卜，有些人就是讨厌吃胡萝卜，这跟胡萝卜有没有营养有必然关系吗？同样的，有些人生来就恶，在他们还是孩子的时候，就喜欢搞破坏、偷东西，把别人的东西据为己有，长大后他们还这么做，你觉得这跟教育有必然关系吗？"

我："你说的倒也没错，人和人之间的确有天性上的区别。"

她："就是这个道理。所以你再想想，难道对别人做压力测试没有必要吗？人和人之间本来就有天性的区别，不做压力测试，你怎么确定哪些人天性恶，哪些人天性善呢？测试，必须要测试！没有经过你的压力测试的人，随时可能变成伤害你的狼人！"

我："你是这么看人的吗？你觉得其他人都是一群可能伤害你的狼人？"

她："是啊，难道不是吗？狼人就是一群你不知道他们什么时候会突然变身，然后反咬你一口的存在啊。其实，我最近看人，看到的已经不再是一个个活生生的人，而是一个又一个透明气球。"

我："透明气球？"

她："对，透明气球，每个人都是一个不断膨胀的透明气球，飘荡在熙熙攘攘的街道上，有时候会互相挤压，有时候会互相摩擦。每个气球都会缓缓膨胀，互相触碰后又会反弹而回，之后开始下一轮的膨胀，无休无止。在我眼里，人已经不再是人的样子了。"

在我看来，她依然对他人潜在行为的反应有些过度了。但是我觉得，她这种行为不是天生的，她一定经历过什么、遭遇过什么，才会变成如今的模样。

后来，我听说她曾经参加过一次狼人杀游戏，在那次对别人来说只是一个普通游戏的娱乐活动中，她最要好的朋友们骗了她，甚至背叛了她，给了她很大的精神打击。我不知道这个传闻是否属实，也不知道那一次的遭遇是不是她做人际关系压力测试的缘起，但是我想，习惯了给别人做压力测试的人，活得一定很有压力。

八、老电视的雪花

有时候，"疯子"总能给你一些意想不到的启示，解答你心中存在已久的困惑。

而我就接触了这么一个"疯子"。当然，随着我和精神病患者的接触加深，在我的认知里，疯子和天才只有一线之隔。或者说，在某种程度上，疯子已经成了天才的变体。

这次我要说的这个精神病患者，我给他取的代号是"观雪者"。这里说的雪并不是自然界中的雪花，而是老式电视机屏幕上所显现出的雪花。

据说，这个病人曾经接连几周把自己关在狭小的房间里，目不转睛地盯着一台老式电视机的屏幕，不管亲朋好友怎么劝阻拉扯，他都固执地不肯离开，还坚持说自己正在寻找世界上最大的秘密，任何人都不该打扰他。

我对此非常感兴趣，所以在一个天气晴朗的午后，我约见了他，跟他聊聊看"雪花"的故事。

　　我：　"为什么你经常把自己关在房间里，而且盯着一台老式电视机？电视机里有什么特别的东西吗？"

　　他：　"你也觉得我脑子有病是不是？"

　　我：　"我没有那个意思。我只是觉得，人们会长时间做出重复性的反常举动，背后往往有强烈的动机来支撑。就像有些姑娘，每天不吃晚饭，只吃一个苹果、两个鸡蛋，背后的动机是减肥瘦身。我想你这么做，背后肯定也有动机。"

　　他：　"非要我说的话，说不清楚，要不你跟我一起来看看吧。"

　　我：　"那也行。"

　　在"观雪者"的邀请之下，我来到他的房间。他的房间简陋到了极点，就只有一张铺着白床单的床和一台正对着床尾的老式电视机。他拉着我坐到了床尾，然后打开电视机。老式电视机的屏幕上只有一片模糊的雪花。

　　他：　"你看到了什么？"

　　我：　"看到了一片雪花。"

　　他：　"雪花其实不准确，这是噪声。把老式电视机转到没有节目的频道，就会出现满屏的雪花，还会有吱吱的杂音。这些雪花其实有一定比例来自宇宙微波背景辐射。这简单来说，就是宇宙中充斥着的各种电磁波噪声。在138亿年前，宇宙发生了大爆炸，能量非常强大，一直到今天，宇宙的各个角落都还有着肆虐的残余能量，这些能量有时候可以被一些老式电视机的天线给捕捉到。所以，我现在看到的，其实是来自138亿年前的古老信号，是宇宙诞生之初一直延续到现在的能量。你不觉得这非常神圣和伟大吗？"

我："的确，有一种说不出的沧桑和古老感。"

他："是吧？现在你觉得这些雪花有意思了吧？"

我："可是，就算你觉得有意思，也不至于天天关着门一直盯着它们看吧？不会腻味吗？"

他："那可不会，我之所以一直盯着这些雪花，是因为它们之中藏着巨大的秘密！说出来我都怕吓死你！"

我："什么大秘密？"

他："很大的秘密，我在找它们的痕迹。"

我："它们？你指的是？"

他："就是神。"

我："神？"

他："不是宗教里的那种神，我说的神有点类似于外星人，或者某种高等文明，又或者是比那更高级的存在……总之，是一种超出认知的智慧体，是我们很难想象的存在。"

我："那是什么样的存在？你觉得可以通过电视机的雪花找到他们吗？"

他："你的问题我分两步来回答吧。首先回答后面的问题，雪花可以找到他们。因为曾经有一天晚上，我半夜三更打开老式电视机的时候，看到里面的雪花突然改变了形状，不再是我日常看到的那种黑白雪花，而是非常有规律的图形——看起来像甜甜圈，又有点像无数个不断收缩和舒张的同心圆。而且之后，那些雪花居然还不断地改变形状，变成了各种看起来极其复杂却又有规律的几何图形。我一瞬间就明白了——我找到了这个宇宙隐藏着的某个可怕的秘密。我想要再一次看到那个奇怪的图形。可惜，已经过去很长一段时间了，我也没有能再次看到。但是，我不服，我觉得一定能再次看到。"

我："那会不会是你睡迷糊了呢？"

他："绝对不是。我可以保证，那天晚上我清醒得很。我甚至打翻了桌上的水果盘，第二天早上，那水果盘的确掉在地上。"

我："那好吧。回到最开始的那个问题，他们究竟是什么样的存在？你为什么会认为他们存在？"

他："这就是最关键的问题了。我刚才说了，他们是智慧体，如果要加上修饰词的话，那么……他们就是某种永恒的智慧体。不管宇宙怎么循环和轮回，他们都不死不灭。他们是某种至高的文明，神一样的文明。"

我："宇宙轮回？"

他："是的，宇宙肯定是在轮回着的，现在的科学家们已经找到了很多证据。这些我不想多说，你有兴趣的话，可以自己去查查宇宙同心圆，那些都是前一轮宇宙循环留下的证据。"

我："可是，那也只是猜想而已吧？"

他："那你能想象一个不曾循环的宇宙吗？按照目前的科学预言，大约10的100次方年后，宇宙中的所有黑洞都将蒸发完毕，黑洞纪元结束，宇宙进入黑暗纪元。10的1000次方年后，宇宙会走到尽头，进入热寂状态，那时候，宇宙里的能量会进入最低能状态，宏观物质都会消散。就算没有热寂，未来宇宙继续膨胀的话，宇宙中的物质也都会被撕裂，到时候宇宙也会走向灭亡，但那也是很久以后的事了。而现在我们的宇宙才不过138亿年。138亿年，在这样漫长的宇宙寿命面前，根本就只是开了个头而已。而我们人类怎么这么巧，刚好在这么早的时间出现？这可比中大奖还要难。如果宇宙没有循环，是凭空而来的，你能想象我们人类这么幸运恰好出现在宇宙的早期阶段吗？更何况，科学家们早就证明了，生命靠有机分子随机组合诞生的概率小到不可思议，以宇宙138亿年的寿命和目前的星辰数量，想要诞生生命都是极难的。这种难度，就好比把一堆汽车零件放进一个大箱子里，随机乱震，最后组合成一辆功能齐全的汽车。但是如果宇宙是无限循环的，那么，不管是生命的诞生还是我们人类的诞生就都说得通了。因为在无限次循环的过程中，像人类这样的智慧生命体总是会诞生的。"

我："这似乎……也说得通。可是，就算承认宇宙是在循环，你又怎么证明你说的那些可以躲过宇宙循环的智慧体存在呢？"

他："这不是一个很简单的逻辑吗？既然宇宙在无限循环，那么文明自然也已经诞生了无数次，像我们人类这样的文明，甚至是比我们高级得多的智慧文明，也出现了无数次，存在了无数次。假设宇宙在不停地轮回，而且智慧文明可以躲过宇宙循环时空间收缩之类的大劫难，那么智慧文明的数量就会不断地增长，最终，整个宇宙到处都会是高级智慧文明，或者说到处都是神。他们会把宇宙给彻底占满，宇宙中再也没有一寸他们未曾涉足的空间。"

我："可是人类文明发展了这么久，我们也没有看到过他们，这是不是说明没有任何智慧文明能够躲过宇宙轮回的大劫难呢？"

他："你已经很接近我以前的想法了，我也产生过这样的想法，一时间非常消极和悲观。试想一下，如果宇宙是在无限次轮回的，那么哪怕只有一个高级文明能够活过一次宇宙轮回，就意味着躲过宇宙循环轮回的大劫难，活到下一轮宇宙循环是可能的，进而意味着可以有无数高级文明活过循环，整个宇宙将到处都是高级文明。而我们却从来都没有接触过那样的高级文明，这似乎说明了，再高级的智慧文明终究还是有上限的，文明终究会触及某种不可逾越的宇宙法则上限，逃不过命中注定的天罚。这样一想，我顿时觉得我们现在活着都是毫无意义的，因为我们迟早都会灭亡，迟早都逃不过化为尘土。"

我："那后来是什么促使你改变想法的呢？"

他："就是那天晚上的神秘雪花图案啊。那天晚上，我就在思考宇宙是不是注定要毁灭这个问题，彻夜难眠。然后，我看到电视机里的雪花变成了同心圆。"

我："雪花变成同心圆，可能是电视机接收到了别的什么错误信号，或者只是某个巧合，图案随机组合，恰好变成了同心圆的形状……"

他："可是，问题的关键在于，当我对比了雪花图案变成的同心圆和宇宙循环留下的同心圆痕迹后，发现……两者居然是完全相同的！那时候，我知道了，这绝对不是巧合。这是他们在暗示我，在鼓励我！那些神级文明发现了我在思考关于他们的事，甚至对人生产生了悲观情绪，所以他们尝试着给了我一点点小小的惊喜，希望我能够坚强地活下去，相信文明无限的可能性！所以，我想再次联系上他们。我相信他们一定在关注着我们。我已经发现了真相：并不是文明在宇宙轮回中消亡了，而是文明发展到了一定程度后，我们低级文明就无法感知到了，那是我们难以想象的境界。那些轮回文明其实早就无处不在！就像宇宙微波背景辐射一样，到处都是，到处都有！但是我们就像忽视宇宙微波背景辐射一样，忽视了他们！他们一直在关注我们，他们在观察我们！无数次宇宙轮回积累下来的无数神明、无限神级文明、无穷多的至高存在，他们就在我们举头三尺的地方俯瞰着我们！我们每一次回头、每一次举手、每一次起身，其实都和他们擦身而过！只有通过老式电视机的雪花，才可能不经意间和他们建立短暂的联系。这么一想，你不觉得足以让人激动得浑身起鸡皮疙瘩吗？"

我："我……感觉有点毛骨悚然。"

他："不用毛骨悚然，他们不会伤害我们的。以他们的能力，连宇宙大劫都能躲过，想要摧毁人类文明轻而易举，但是既然他们让人类文明发展到了今天，就说明他们不在乎人类的发展。他们说不定还希望我们成为他们的一分子呢！天啊，真是太伟大了，太激动人心了！这个世界上难道还有比这更大的秘密吗？我真的想再联系上他们，一刻也不能等了！你愿意跟我一起去等待他们联系吗？"

我摇了摇头，拒绝了他的请求。但这并不代表我不相信他的话，或者不愿意相信他的话。至少他的假设，还是非常有意义的。

后来我回到家，仔细思考了他关于宇宙循环大劫难的一系列言论，内心越来越不安。因为按照他的思路，其实很容易建立一条逻辑链：要么宇宙是循环的，要么宇宙是不循环的，我们的宇宙只能存在一次。显然绝大多数人都不会喜欢后一种假设，那么，假如我们接受了第一种假设：宇宙是循环的，那么又会产生两种可能，要么高等文明可以躲过宇宙循环大劫，要么高等文明躲不过宇宙循环大劫。而后一种假设又是绝大多数人所不喜欢的。

于是，剔除掉"宇宙不循环，只会走向灭亡"和"高等文明躲不过宇宙循环大劫"这两个恐怖至深的假设，就只剩下"宇宙在循环，高等文明也可以躲过宇宙循环，但是因为某种原因，我们地球人感知不到"这一种假设了。

"观雪者"之所以这么狂热而固执地相信无限多神级文明的存在，或许并不是他对神级文明抱有多么崇高的信仰，而仅仅是因为……他害怕除此之外的另外两个恐怖至极、黑暗至极的绝望假设罢了。

毕竟，哪个疯子愿意欣然接受注定灭绝的命运呢？

九、像我这样痴情的人

接下来我要说的几个故事，都是关于痴情的精神病患者的。这些别人眼中的精神病患者，却是我见过的世界上最痴情的群体。

第一个病人的故事，是关于他和他不存在的爱人的。

这个病人，我叫他"自语者"。每当独自一人待在房间里时，他就会自言自语。一开始，他的家人们以为他只是养成了某种怪异的生活习惯，但是随着时间的推移，家人们逐渐发现了更多异常：他不但会自言自语，还会对着空气指点比画，甚至哈哈大笑或泪流满面；有时候，他还会对着空气挤眉弄眼、龇牙咧嘴，就好像空气里有某个常人看不见的隐形人在和他互动一般。

后来，他的家人再三斟酌后还是把他送进了医院里。经过诊断，他患有精神发育迟缓伴发精神障碍症，但是他本人坚持认为自己一切正常，只是被打开了大脑的"限制器"。经过多次预约，我终于见到了这位特殊的病人，并且和他进行了一番难以忘怀的对谈。

我："你说你的大脑'限制器'被打开了，这是什么意思？"

他："理解起来不难吧？就是大脑里的一个'限制开关'被打开了。"

我："那是什么样的'限制开关'？"

他："就是锁住你思维广度的'限制开关'啊。其实吧，我们每个人的思维都是被'限制'了的，如果打开'限制开关'，我们就能看到更大更真实的世界。"

我："那又是谁、因为什么原因'限制'了我们的思维呢？"

他："没有谁，纯粹是生存的需要罢了。大脑优先保证的是我们每个人的生存，生存才是第一要务，所以和生存无关的功能都会被封存或者限制起来，因为那些功能区块对个体的生存没有什么直接价值，反而会占据内存，消耗更多的能量。人脑的产生本来就是基因突变的产物，就像是一群古猿里突然出现了一个脑袋特别大的外星人，但是基因突变的产物会随着时间的推移被那些有着普通大脑的人的基因给慢慢磨平。科学研究表明，人脑在过去的两万年里，体积缩小了150立方厘米，这就说明人脑的很多功能都在退化，只有那些直接对生存有用的功能被保留了下来。但是在一些偶然的情况下，人脑的'限制器'会被打开，那些被打开了'限制器'的人，就能感知到一般人感知不到的未知世界。但是，这些被打开了'限制器'的人的生存能力也会受到一定影响。在常人眼里，这些人可能就是突变的异类，是有害的，所以称呼他们为'疯子'或者'精神病患者'。"

我："这些说法你都是从哪里看来的？"

他："我自己悟出来的。很多时候，人们就是对精神病患者和疯子有偏见，事实上，他们只是看到了常人看不到的世界而已。"

我："我明白你的意思了。你认为你有着看到一般人看不到的事物的能力，是吗？"

他："是啊，我能够看到很多你们看不到的人。"

我："你的意思是……鬼？"

他："不，不是。鬼是人们胡编乱造出来的玩意儿，而我所说的，是切切实实存在着的，他们是真实的。"

我："你看到了对常人来说不存在的人？"

他："嗯。"

我："那他们现在在这个房间里吗？"

他摇摇头："现在不在。他们什么时候出现，我也不知道，但是他们总是会在我猝不及防的时候出现在我的身边。"

我："他们长什么样子？"

他："和人一样。他们也是人，各种各样的人，有时候他们长得一样，有时候长得不一样，男女老少都有。"

我："他们会跟你说话，跟你……互动吗？"

他："会的。只要他们出现，我都会跟他们互动。"

我："你第一次见到他们是什么时候？"

他："三年前，我的前女友去世之后。"

我："你的前女友……去世了？"

他："是啊。她是个摄影师，在一座施工中的大桥上拍摄的时候，不小心从桥上掉下去摔死了。听到这事的时候，我还在上班，当时我整个人都愣在原地，大脑里就像是保险丝断了一样，什么都不知道了。等我清醒过来赶到火葬场的时候，我的前女友已经变成了一盒骨灰。她就那么突然地走了，甚至来不及跟我告别。她走的那天晚上，我在房间里痛不欲生，因为我真的真的很爱她，我们本来都打算结婚了……突然，本来死寂的房间里，有人在说话。一开始我根本没有在意，但是过了一会儿，我发现情况不对，因为房间里根本没有其他人。然后，我看到了我的前女友——她就站在房间的角落里，静静地看着我，似笑非笑，表情很古怪。我并没有感到害怕，甚至觉得她还没有走，而我白天见到的骨灰盒是别人的。但是后来，我发现情况跟我想的不一样。我可以跟她说话，却碰不到她。她就像一道影子，不管我怎么做，都抓不到她。"

我："你这情况还真的有点像遇到鬼了。"

他："不是！我都跟你说了，她不是鬼！她甚至都不是我的前女友！"

我："她不是你的前女友？"

他："从更根本的角度来说，她的确是我的前女友，但是从另外一个角度来说，她不是！她是我前女友的分身……或者说是类似于分身的东西。她不属于这个世界，她不属于任何一个世界。"

我："我越来越糊涂了。"

他："咳，我就知道会这样。我向很多人说了这件事，但是他们要不就是听不懂，要不就是懒得听，要不就是听了也觉得我在胡说八道，可我说的是事实啊！"

我："那你慢慢说，我今天过来，就是来听你说你的故事的。"

他："让我整理下思路吧……嗯，这样好了，你听说过平行世界吧？"

我："听说过。难道你想说你看到的前女友是从平行世界来的？”

他：“不是平行世界！我要说的当然不是平行世界这种陈词滥调，而是比那深刻得多，也要伟大得多的东西！我要说的东西，在世界之上，超出了一般人的理解！”

我：“那到底是什么样的东西？”

他：“我们玩个游戏吧。”

说完，他从房间的角落里找到了三个放鞋子的黑盒子，然后又找来三块橡皮，接着把三块橡皮放到了三个盒子里。

他：“看到了吗？我把三块橡皮放到了三个盒子里。”

我：“看到了。可是，这能说明什么呢？”

他：“这就是我想说的了。一个盒子刚好放了一块橡皮。”

我：“我还是不明白……这不是理所当然的吗？”

他：“现在在你把盒子和橡皮看成一个整体，那么橡皮就是盒子的一部分，对吗？”

我：“是的，可以这样说。”

他：“一般人也都是这样看的。但是真正的世界里，情况不是这样的！我们的思维有一个非常大的误区，那就是我们总认为，整体是不可能小于部分的，盒子和橡皮组成的这个整体，是不可能小于橡皮这个部分的。这就是思维最大的误区！小就是小，大就是大，这就是一般人最蠢的地方！在数学里，部分是可以大于整体的，比如说在集合论里，一些无限集合是可以做到部分大于整体的！比较著名的有分球悖论，这个悖论说，一个可以无限分割的球，能够分割出两个一样大小的球，这就是典型的部分大于整体了。”

我：“可是，这跟你看到了不存在的人又有什么关系呢？”

他突然笑了："仔细想想，我们的宇宙不也可以看作一个巨大的黑盒子，而宇宙里的芸芸众生，就是盒子里的橡皮吗？"

我："这……"

他："好了，现在你再仔细想想，假如平行宇宙真的存在，一个平行宇宙里有一个我的前女友存在，这种情况不就是一个盒子里有一块橡皮吗？在一般人的逻辑里，一个平行宇宙里只能有一个我的前女友。但是在真实的世界里，部分可以大于整体，所以，人的数量可以比宇宙更多！"

我："这……人怎么可能比宇宙还多呢？"

他："傻眼了吧？但这就是世界的真相！恐怖至极的真相！在真实的世界里，存在着很多无法融入宇宙的'人'。这些'人'以什么样的形式存在，我无法想象，也没法描述，但是他们就是存在着。对于无法感知到的人来说，他们就像是被排挤在世界之外的流浪者；而对于能看到的人来说，他们就是不受世界拘束的自由者，虽然没有归宿，却自在自由，他们想去什么样的世界，就去什么样的世界，想看到什么样的风景，就能看到什么样的风景。天啊，我真的好想变成他们中的一员啊。"

我："所以，那些人之中也有和你前女友长得一样的……平行宇宙女友……不对，应该说是宇宙之外的女友。"

他："我知道你想说的，但是平行宇宙女友这个称呼不合适，我称呼这些不受世界拘束的人为'自由人'，我见到过很多很多和我前女友长得一模一样的自由人。在我的前女友走后，我曾经想过轻生，但是她们找到了我，安慰我，让我走出了心理阴影。我很感谢她们，是她们……救了我。"

我："所以,有时候你会一个人自言自语,就是在跟这些'自由人前女友'对话吗?"

他："那是一开始。后来,她们又让我见了很多其他自由人,形形色色的,有来自古代的,也有来自未来的,甚至长着牛头马面的,真是千奇百怪。自由人的生活真的是太精彩了。我真的好想去他们的世界,但可惜的是,我注定被这个世界拘束,根本去不了他们的世界。不管我用什么办法都做不到。因为我属于这个世界,组成我身体的物质都属于这个世界。我只能眼巴巴地看着他们在不同的世界自由穿梭,却永远无法体会到他们的生活乐趣!现实就是这么残酷!"

我："这么说,自由人和普通人的世界永远无法相交?"

他："是的,自由人和我们有着根本性的不同。我们被两套截然不同的世界法则支配,永远无法过上对方的生活,也只有极少数人能偶然得知对方的存在。其实,很多时候他们也羡慕我们的生活,但是他们无法加入我们。"

我："如果你说的是真的,那么支持这套机制运转的法则,真的……很残酷。"

他："是啊,太残酷了!但是,对我来说,最残酷的还是我前女友的死……因为我知道,那些和我前女友长得很像的自由人并不是我的前女友,哪怕她们的数量无穷无尽,但是没有一个是我已经死去的前女友。我已经永远失去了我的前女友,这是既定的事实,永远也没法改变。我感谢那些自由人帮我走出了阴霾,陪我度过了人生中最艰难、痛苦的阶段。但是,我的内心永远都会留着一根刺,永远没法拔掉。"

我："我能理解。不管平行世界存不存在,不管自由人有多少,属于你的世界只有一个，你爱过的她也只有一个。世界越多，相似的人越多，反而越能体现出她的弥足珍贵。"

他："谢谢你的理解。你说得对，我的前女友是我的唯一，过去是，现在是，将来也是。不管在哪个世界，她都是唯一。"

我："你是我见过最痴情的人。"

他笑了："像我一样痴情的人很多……甚至比我更痴情的人也有。我已经选择了接受，慢慢开始新的人生了，但是这个世界上，还有很多人在为自己的所爱奋斗。我不如他们。"

我："你见过比你还痴情的人？"

他："见过，这个院里就有，不止一个。"

我："我能见见他们吗？"

他："今天不太巧，但总有一天你会见到的。"

到最后，我也没能见到他所说的自由人，但是我被他描绘出的那个宏大世界图景深深地震撼了。在和他对话后的几天里，当我独自一人坐在咖啡馆时，会不自觉地看向角落，下意识地想：今天的咖啡馆会不会并不像我看到的这么冷清？

十、为了你，我愿意欺骗整个世界

在见过那位能和"自由人"畅谈的病人之后，我本以为很难再看到比他更痴情的人，没想到隔了不到一周时间，我就见到了。

就如那位能看到"自由人"的病人所言，我这次见到的这个病人，有着超出我预想的执着和浪漫，而他的故事结局更是充满了神话与传奇的色彩。

我叫他"独舞者"吧。据说，每当夜深人静时，他就独自一人在宽敞的房间里跳探戈，这是我给他取这个名号的原因。

当然，他的怪异行为可远远不只独自一人在房间里跳舞，他还总表现出好像有一个看不见的人与他同居的样子。

比如，他吃饭时总是会准备两个碗、两双筷子，做两人份的饭菜；睡觉的时候，他一定会占据床的半边，留出另一半的位置给某个看不见的人；他房间的衣柜里有多套女装，春装、夏装、秋装、冬装一应俱全。甚至，这些女装明明没有人穿，不染尘埃，他却还要定期清洗，就好像有人穿过一般。当然，我说的这些不过是"独舞者"诸多怪异行为中的一小部分而已。事实上，不管是出门购物，还是外出游玩，他都会对着他身旁的空气微笑、说话，好像旁边真的有另外一个人存在。

这种情况和"自语者"非常相似，一开始我听说"独舞者"的怪异行为时，以为他有着和"自语者"相似的认知和能力，但是随着交流的深入，我知道他的内心藏着另一个与"自语者"相似而又略微不同的大世界。

我约了他在他的别墅里见面。因为继承了已故养父的家产，"独舞者"非常有钱。当然，因为他的养父母在多年前就已去世，所以他也非常孤独。据"独舞者"说，几年前他很喜欢旅行，去过很多地方，但是如今，他只想静静地待在家里，等待"她"的出现。

进入别墅地下室，"独舞者"就开始跳舞，跳的好像是英式探戈，重心始终保持在脚跟的位置，他摇头顿足、欲进还退，动作豪迈。显然，此刻的他沉浸于舞蹈世界。而我也注意到，他虽然是独自一人跳舞，但是在动作上却完全保持着双人舞的姿态，在握持、前进走步时，他的眼神是那么专注，手指和脚掌精准发力的姿态，让人感觉到他的怀里好像真的有一个看不见的女子。

等到他跳完一段舞后，我才开始和他对话。

我："你刚才跳的舞很棒，根本不像只有一个人在跳。"

他："我本来就不是一个人在跳。"

我："啊，不是吗？难道刚才还有别人和你一起跳？"

他："有的，她在跟我跳舞。"

我："她是谁？"

他："一个女孩，我这辈子最爱的人。"

我："可我没看到她啊……她叫什么名字？"

他："我也不知道她的名字。"

我："啊？你连她的名字都不知道？"

他："对，我不知道。我是在尼罗河乘坐游船时认识她的，她是华人。我们交往了两周，去了很多地方。后来有一天，我们住的酒店附近发生了火灾，死了很多人，其中就有她。"

我："这么说，她已经……"

他："她已经死了。但是我真的很想她，每天、每一分钟都在想她。她真的……跟我见过的其他女孩都不一样。"

我："那你刚才说在跟她跳舞……你是在跟她的魂魄跳舞吗？"

他："不是魂魄。我的确是一个人在跳舞，但是我必须装成是在和她跳舞，我这是……在等她从别的世界回来。"

我："我糊涂了。"

他："你是很难明白，一般人也不会做出跟我一样的事。"

我："为什么你假装跟她跳舞，她就能回来呢？这其中有什么联系吗？"

他："跳舞只是我做的很多事里的一件。我之所以坚持跳舞，是因为第一次见到她，就是在游船的舞会上。那时候我们还不认识对方，在游客们的鼓励下，我俩跳起了舞，然后发现我们的步调和节奏完美契合。再之后，我们开始无话不谈，除了彼此的名字和身份，因为我们都想保留一些神秘感。我们都很喜欢旅行，我们交流了很多各自在旅途中的见闻。我发现，她真的像是从我的心里走出来的，她的每句话、每个见解、每个眼神，都能触动我的灵魂。她真的是这辈子让我最心动的女孩了。"

我："你有她的照片吗？我想看看。"

他的脸上露出痛苦之色："当时拍照的相机丢了，她所有的照片也都丢失了。"

我："这可太可惜了。"

他："不过，我后来找了画师画了她的画像，基本还原了她的样子。"

"独舞者"给我看了他朝思暮想的女孩的画像。我认真看了，不得不说，她真的是一个很漂亮的女孩，乌黑的长发扎成双马尾，穿一件黑色的哥特裙，一双黑钻一样闪亮的眼睛如浩瀚星空般迷人，嘴角则挂着甜美、优雅又带点神秘感的笑容。女孩看起来非常年轻，我甚至都不能确定她是不是已成年。当然，我也不能确定，女孩这样梦幻的气质究竟是画师的加工还是真人就是如此。

我："真是个大美人啊，我能理解你为什么那么喜欢她了。但是言归正传，为什么你觉得假装两个人在跳舞，或者两个人在做一些事，她就会回来呢？你很清楚，她已经不在这个世界上了啊。"

他收起画像："你应该不会相信，但是告诉你也没什么。我……想欺骗这个世界。"

我："欺骗这个世界？"

他："你相信吗？我们这个世界是可以被欺骗的。"

我："怎么欺骗呢？假装跳舞，或者假装和不存在的人一起吃饭、玩闹，就可以欺骗世界了吗？"

他："真的可以。这个世界没有你想的那么聪明，逻辑性和严谨性没有那么高，很多时候是模糊的、不讲逻辑的。如果你有足够的毅力坚持做一些事，这个世界就可能被你欺骗。"

我："你说的好像这个世界有自我意识？"

他："不算是自我意识，非要打比方的话，可能更像是一台计算机吧。但是有时候，计算机的计算是会出现错误的。"

我："我听很多人说过，这个世界是一台计算机。"

他："但是真的去找这台计算机漏洞的人又有几个呢？"

我："那真的没有几个。"

他："这就对了。知道不一定会去做，很多事都是说得轻巧，做起来难。人人都知道只要坚持锻炼就能减肥，但是又有多少人能坚持呢？"

我："也是。那你能具体说说欺骗这个世界的机制吗？我很好奇。"

他："关键在于模糊。模糊是欺骗这个世界的关键。"

我："模糊？"

他："对，这个世界有时候在处理复杂又模糊的东西上是不稳定的。举个例子，你在沙漠上，突然看到远处地平线上出现了一团黑乎乎的东西。你不确定它是什么，觉得它可能是石头，也可能是一匹骆驼。这个时候，你的观察就是模糊的。这个世界也是这样的，世界在观察着我们，而且它总是犯迷糊，一犯糊涂，就会出现问题。"

我："你是怎么知道这一点的呢？是谁告诉你的呢？"

他："没有人告诉我，我也是通过生活经验的积累，自己慢慢明白的。你学过集合论吗？"

我："了解过，但是没有钻研很深。很多人都跟我提过集合论，这个东西很神奇。"

他："那我就简单说说吧。二十世纪时，数学家创造了一个集合论概念，叫模糊集合。它是专门用来表达模糊性概念的集合。"

我："什么样的概念算模糊性概念？"

他："那些没法定量的东西就是模糊的。比如，我说'这个人长得很帅'时，'帅'这个概念就是模糊的。怎样才叫帅？是鼻直口方、下巴圆润，还是剑眉星目？'帅'这个概念就是没法量化的。再比如，我说'这个人很高'时，就又有问题了，多高才算高？1.9米还是1.8米？如果1.8米算高的话，那1.79米算高吗？1.79999米算高吗？对于有些人来说，可能1.8米就算高了，但是对于另外一些人来说，1.79999米也算高。这个时候，'高'这个概念就是模糊的。生活中这样的例子数不胜数，数学家们对此也很头痛，所以他们发明了'模糊数学'，专门用来解决这些很难直接定量分析的问题。'模糊数学'里就有'模糊集合'这个工具，而'模糊集合'里有个概念叫'隶属度'，什么意思呢？就是说，假如1.8米的身高是大家公认的'高'，那么1.79999米这个离1.8米非常近的身高，在隶属度上就非常接近'高'这个概念，而1.5米的身高就离'高'这个概念比较远了。"

我："我好像有些听懂了，但还是不明白，这跟欺骗世界之间存在什么关系。"

他："其实我想说的非常简单，那就是一个集合里的两个元素之间不一定有具体的关系，而是根据隶属度来确定隶属关系的，而一个小集合可以看成是一个更大集合里的元素，这样有趣的事情就来了，我所爱的那个女孩，是被各种模糊的元素定义的，51kg的体重，1.62米的身高，83cm、60cm、84cm的三围，而这些数据在根本上都是模糊的。比如说，51kg的体重，具体是什么程度，低一点还是超一点？1.62米的身高，到底是标准的1.62米，还是略高或者略低？83cm、60cm、84cm的三围，是不是毫无误差？这些人体概念的组成元素的边界其实都是模糊的。而这些组合元素都可以看成一个个关于我的爱人的小集合，而这些小集合的隶属度边界是模糊的。只要想办法调整这些小集合的隶属度，我就可能从别的世界里把她给抢回来。"

我："别的世界？"

他："是啊。其实，我们的宇宙也是集合啊，而且是个模糊集合。每个宇宙都是集合，世界上还存在着无数个集合，而且都是模糊的集合。在她还活着的时候，我曾经跟她一起规划过未来的日子，我们每天都要跳舞、唱歌、一起做菜，甚至连菜谱都已经写好了，我们发誓一定会按照未来规划去生活……因此，在她还没有死的模糊集合的宇宙里，其他宇宙里的我肯定和她按照我们曾经约定的方式过着幸福的生活。利用模糊集合的模糊性，哪怕只剩下我一个人，只要我每天按照我们规划的那样过日子，说不定这个世界就会开个小差，让她真的回到我身边。这就像你站在高铁的站台上，看着高铁飞驰而去，会看不清每一列车厢里乘客的脸。这个世界也是这样，如果两节车厢里的装饰，乘客的外貌、动作都差不多，世界之外的非意识存在就会搞错车厢。"

我："这么做可不容易。"

他："是啊，非常不容易。好在当初练习跳舞时，我的爱人告诉了我她的一些身体数据。所以我每次跳舞时，都严格按照她的体重、三围、身高控制好我的身体重心、抬手高度、移步速度和转身节奏，这样我就能够和另外一个她还活着的世界里的我慢慢靠拢、重合，我所在的世界的隶属度会慢慢向着那个世界靠近。只要我一直坚持下去，永远不放弃当初和她的约定，不忘记誓言，比另外一个世界的我更爱她，那么当另外一个世界的我在和她跳舞时没有控制好节奏，或者因为其他事情使她的身体数据发生了变化，这个世界就有可能开小差、犯糊涂，那时候，她一定就会回来，就像是瞬间移动一样，突然出现在我的怀里。我一定会成功的。"

我："可是……这个世界是模糊集合这一想法，只是你个人的猜想，一定……就是正确的吗？"

不过我的这个问题没有得到回答，因为他看我的眼神已经开始变得排斥和冰冷了。

那时候我意识到，当一个人沉浸在美梦之中时，哪怕那个梦境本身无比荒诞，他也不会容许别人打断。

很多年后，我听"自语者"说他成功了。于是我带着好奇心，找了个晴朗的日子再次去了他的别墅。

我本想登门拜访，但是走到别墅大门口时，我突然打消了这一念头。

隔着铁栅栏，我看到了"独舞者"，在盛开着栀子花的草坪上，他正和一个身穿黑裙、留着双马尾的女孩跳舞。

那个女孩和我当初在画里看到的一模一样。

"独舞者"终究还是成功了。女孩回到了他的身边，就像他所说的那样，他比另一个世界里的他更爱她，所以从另一个世界的他手里夺回了她。

我看着这对在春风里舞蹈的恋人，眼角的热泪不自觉地滚落下来。

十一、我爱你，在时间尽头

　　他是我见过的世界上最痴情的人，也是意志最坚定的人，我叫他"轮回者"吧。

　　如果说"自语者"和"独舞者"的痴情给我的震撼是满天的烟火，那么他给我的震撼就相当于一次核爆。

　　当然，前提是他所展示的世界观是真实的。

　　认识他的人对他的评价几乎都非常好，不少人说他是善人，甚至有人评价他是圣人、救世主，因为他真的是一个助人为乐、无私奉献的人。他曾经中过一次大奖，奖金极高，但是让所有人都想不到的是，他居然把奖金一分不留地全都捐了出去。而且，他的捐助并不是盲目、随机的，而是极有规划的，受捐者有的是身体残疾无法安心从事科研工作的科研者，有的是家境贫寒无法接受良好教育的学生，也有一些是遭遇不幸、负债累累的知识青年。但是，也正是因为他在助人为乐上花费了大量的金钱，导致他的家人认为他精神状态异常，从而强行把他带到了院里接受治疗。

多次预约后，我终于见到了他，并和他有了一番神奇的对话。

我："听他们说，你是一个好人，帮助了很多人。"

他："能帮得上忙的，我都会尽量去帮。"

我："我很好奇，你帮助那么多人，是出于什么样的想法呢？"

他："我的想法很荒诞，你也没有必要多了解。如果只是大众认知的话，你只需要知道我是个不帮助别人就闲不住的人就行了。"

我："大众认知？那我能了解一下非大众认知吗？"

他："你会听不懂。"

我："其实我就喜欢听一般人听不懂的东西。之前在电话里也跟你提过，我这次来，就是专门来听一些一般人听不懂的东西。"

他："那我可以讲给你听，但是你得答应我一个条件。"

我："可以。"

他："就是在得到我的允许之前，不要把我的故事说出去。等到哪一天我告诉你，你可以把我的故事公开时，你再公开。"

我考虑了好一会儿，最终还是答应了他。

我："我答应你，你把你的故事告诉我吧，我非常好奇。"

他："嗯。应该从哪里开始说呢？算了，还是直白点吧，我这么做，其实是为了一个人。"

我："谁？"

他："我爱的一个女孩，她叫兰兰。"

我："兰兰？"

他："嗯，她是我这辈子最爱的女孩。可是，在十八岁那年，她去世了。"

我："她去世了？"

他："因为车祸去世的。"

我："天啊。"

他："不过，我还没有说完，我说的她去世，不单单是指她在我这一次时间轮回中去世，也指她在我其他几次时间轮回中去世。"

我："时间轮回？你是说你生活在某个轮回的时间中吗？"

他："这个说起来有点高深，甚至可能会颠覆你对时间这个概念的认知。"

我："我对时间概念的认知？是哪方面的认知呢？"

他："所有的认知。先从简单的想象开始吧，在你过去的认知里，时间是不是就像滚滚向前的流水，再也不回头？"

我："差不多是这样的。"

他："大部分人对于时间的认知都跟你一样。在一般人的眼里，时间就像一条河流，慢慢地向前流淌。而这个世界上的一切，都像是漂浮在这条河流表面的叶子，会慢慢地被时间河流带向远方。这从某种程度上来说也没错。但是，时间真正的样子，其实比大多数人想的还要奇特——时间这条河流在某些时候是会突然间倒流的。"

我："倒流？"

他："你想象一下，如果有个小孩子给一个空瓶子装上一些水，又在水面上放点叶子，然后盖上瓶盖，将瓶子水平拿着左右晃动，瓶子里的水就会随着瓶子左右晃动，同时，漂浮在水面上的叶子也会跟着水一起左右晃动。但是，树叶不会感觉到自己的时间倒退了，因为它感知时间流逝的方式，是身边其他树叶的流动。如果其他树叶跟自己一起流动或者后退，那么它就无法感受到时间的流动。"

我："所以，你是在比喻树叶其实就是生活在时间长河之中的芸芸众生吗？"

他："是的。水面上的那些树叶，就是时间长河之中的芸芸众生。每一片树叶想要察觉时间流动，都需要拿旁边树叶的速度进行对比，如果所有树叶都是同步向前或者同步向后的，那就无法形成关于时间的认知了。而事实上，真实的时间就像瓶子里的水，是会随着瓶子的左右晃动而左右晃动的。但是，最关键的是，一个人想要形成关于时间的认知，必须等到时间向前流淌的时候才行，因为人类大脑感知到的时间是涉及因果性的，而因果性只有在时间箭头向前的时候才能形成，如果时间箭头向后的话，因果关系就会破裂，人脑就无法形成逻辑，所以关于时间的认知自然就断了。"

我："所以按照你的意思，真实世界里的时间其实存在着前进和后退两种运动方式？"

他："对，这就是我想说的。时间本身在不停地向前和向后运动，可能这一会儿时间是向前流动的，但是下一会儿，时间又向后流动了，然后再到下一会儿，时间又开始向前流动……所以，死去的人，可能在真实世界的下一秒里复活；现在活着的人，也可能在向前流逝的时间里死去。"

我："你是怎么发现这一点的？"

他："因为我发明了时光机啊。"

我："你发明了……时光机？"

他："是啊，我发明了时光机。但不是一般人理解的时光机，我的时光机并不能实现真正意义上的回到过去。我只能跳出时间河流，停在上空，等到时间河流自己通过来回运动回到过去时再降落，从而在我的主观感觉上我好像回到了过去。"

我："这听起来有点绕。"

他："举个例子，就是一条河流中央有一座小岛，不管河流是向前流动还是向后流动，小岛都是不动的。我的时光机就像那座静止不动的小岛，我可以暂时躲到小岛上，等到河流倒流回到某个阶段的时候，再从岛上跳下，这样我就相当于回到了过去。"

我："也就是说，从某个站在岛上的观察者的视角来说，其实你是到了未来，而不是回到了过去。只不过未来是过去的重复，所以你到了那个重复的未来，就好比回到了过去。"

他："你终于明白我表达的意思了。"

我："理论上……似乎算是自洽的。不过，如果你真的制造出了那样的时光机，能让我看看吗？"

他："现在还不行。因为我还要用时光机来救兰兰，不能暴露它的放置地，不然会有风险。"

我："你既然有了时光机，那么救兰兰不就轻而易举了吗？"

他："哪有那么简单，呵呵。你知道我救了兰兰多少次了吗？我曾经用时光机回到过去，避免兰兰被车撞，结果却是她被高空落下的钢筋砸死。于是我又回到过去，想使她避免被钢筋砸到。但是没想到，她又不小心死于火灾。于是我再一次回到过去拯救她，阻止她接触任何易燃物品，可是她却又被路过的一个歹徒给杀死了……不管我怎么拯救她，她都会在固定的时间死去，我根本就阻止不了。"

我："这是为什么？"

他："是时间之神在阻止我拯救她。"

我："时间之神？"

他："说白了就是因果性。你知道我是怎么领悟出发明时光机的时间公式的解的吗？那就是兰兰去世的时间。兰兰去世的时间，恰好就是发明时光机所需要的核心公式的一个解。如果没有兰兰的死亡，过去的我根本意识不到这个必需的解。而时光机的核心公式是无法凭空而来的，必须有个根源。"

我："这好像……的确变成了死结。如果兰兰不死，你就注意不到那个时间，也就发明不了时光机。所以不管你回到过去多少次，都拯救不了她，因为你一旦回到过去拯救了她，她不死，你就发明不了时光机。这已经变成了一个死结，根本就解不开。"

他："你想知道解开这个死结的办法吗？"

我："什么办法？"

他："无限轮回。"

我："无限轮回？"

他："对，不停地循环，无限地轮回……不停地返回到过去，一直进行轮回，一直循环下去，我才有可能打败时间之神，到达一个她还活着的未来。"

我："这次我是真的无法理解了。既然在逻辑上，如果她不死，你就造不出时光机，那么为什么你无限次回到过去，就可以让她复活呢？"

他："这涉及一个有一定门槛的数学概念，叫作连续统假设。简单来说，就是我有两条直线，第一条直线允许有无限小的点存在，而第二条直线则不允许有无限小的点存在。这第二条直线上的小点有着基本的长度单元，比如说1厘米、1毫米，或者更小，总而言之，它是有基本的长度单元的，这个单元可以很小很小，但总归是存在的。而两条直线各自的总长度都是无限的，因此有些数学家认为第二条直线上的点的平方数量等于第一条直线上的点的数量，这就是连续统假设。我说的第一条直线，是由实数组成的直线；第二条直线，则是由自然数组成的。"

我："你的这个比喻我大概听明白了，但是我不明白这跟时光机有什么关系，又跟你拯救兰兰有什么关系。"

他："假如把时间长河看成一条无限长的直线，而时间的每一个瞬间都被看成这条直线上的一个点呢？"

我："这……"

他："仔细想想就很有趣了。如果连续统假设是真的，那么也就是说，每一个有基本长度单元的瞬间时间的总数的平方值可以等于实数时间，那么我就可以进入实数时间轴之中。"

我："进入实数时间轴之后会怎么样？"

他："会出现很有意思的事情。实数有很特殊的数学性质，那就是稠密性。直白点说，就是两个靠得再近的实数之间都可以插入无限个其他实数。回到时间问题，就是一个时间瞬间和下一个时间瞬间是无限稠密、无限临近的。也就是说，时间本来是非连续性的，但是到了实数时间轴里，时间变成了连续状态。由于这个瞬间的时间和上一个瞬间的时间是无限临近的，那么过去就是现在，也是未来，所有的时间都相通了，时间的因果性也就不存在了。那样一来，我就可以拯救兰兰。兰兰死去和我发明时光机之间的因果被打破了，时间的因果逻辑没法再约束我了。"

我："这个想法……有点太疯狂，甚至可以说是太超前了。可是，你还是没有说你为什么要做那么多善事，帮助那么多的人。"

　　他："自然数的时间轴要发展成实数的时间轴，需要一个开平方的过程。开平方从现实的角度来说，就是在每一个瞬间，这个世界上所有物质的组合可能都要被穷尽一次。这就需要很高的文明才能做到，也需要很多人一起来帮我实现。所以，我要利用时光机把来自未来的科技带到现在，促进现代社会的发展；我要用时光机赚钱，帮助现在需要帮助的人；我要成立一个'时间管理局'，壮大规模，让更多有善心、愿意帮助别人、改变世界的人变成我的助力；我要让整个地球……未来可能是整个宇宙的人类，一起来拯救兰兰，一起来打败那个捉弄了兰兰人生的时间之神。到了那一天，我就能真正拯救兰兰，还给她一个完整的人生，甚至和她一起相伴到老。兰兰是我的至爱，为了她，我愿意进入永恒的时间轮回，一百年、一千年、一万年、一亿年、亿万万年……再漫长的岁月我都不在乎。"

　　我："可是……这根本就不是正常人类能做到的。"

　　他："不，我一定会做到的。只要我有足够强大的信念和决心，能永生永世不改变我想要拯救她的想法。"

　　我："其实我很好奇……为什么你那么爱她？"

　　他："因为她救过我。"

　　我："她救过你？"

　　他："嗯，兰兰从小就是我的同学，也是我的邻居。她很漂亮，人也温柔，我从小就暗恋她。她救过我三次。一次是我小时候落水，她救了我。第二次是我和同学打架，被对方用砖块砸中了脑袋，是她发现了我，送我去医院。最后一次……我高考失利，本来想自杀，可是她劝住了我，还鼓励我。我的生命是她给的，对我来说，她是我生命中的一道光，是我活着的全部意义。"

他说得如此深情，眼中还闪着一种神圣的水光。我不知道他所说的时光机是不是真的存在，因为到最后我也没有看到，但是，我确确实实被他的故事和深情打动了。

帮助他所见到的每一个人，改变全人类的命运，引导全人类一起向善，一起征服宇宙，一起走向至高无上的终极文明，最后改变过去时间轴上的物质组合，救回心中至爱。

这份痴情让我此生难忘。

很长一段时间里，这个故事都被我封存在房间书柜的角落里，没有公开。

直到多年后的一个下午，我突然收到一条陌生的短信，内容是：

朋友，这条短信来自遥远的未来，在我向你发送短信的这一天，兰兰终于回来了，谢谢你当初愿意聆听我和她的故事。现在，你可以把我的故事公之于世了。最后，送你一些话：当你看到这条信息时，不管你处在人生的哪个阶段，不管你遇到了什么样的困难，请你一定要坚持下去，希望和光明就在前方，人类的未来会非常美好。

我愣愣地看了这条短信许久，然后露出了会心的笑。

不管我曾经是否相信过他的故事，这一刻我都愿意相信，因为这个故事的结局实在是太美好了。

在经历了无数次的轮回后，他终于走到了时间的彼岸，找到了他的至爱。

他的那份善良，在未来拯救了无数人，让无数善良的人一起帮

助他。他那份炽热的爱，最终打败了无情的时间之神，创造了人间
神话。

　　人，战胜了天。

十二、孤独有七个等级

严格来说，他并不算精神病患者，而是一个有些特殊想法的人。

我们有过一段不算长的对话。与我接触过的其他病人相比，他带给我的冲击并没有那么直接和震撼，但是也曾使我反思过一段时间。

如果说那个曾经与"黑洞人"有过一番思想交流的病人，让我明白了什么是至深的孤独，那么他让我更清晰地看到了孤独的层次。

他常常会一个人漫步在小巷或者林间小道，享受独处的静谧，所以想要和他碰面并不容易。不过一次在江边散步时，我终于碰到了他，并和他展开了对话。

我："听说你以前去过院里？"

他："是的。"

我："但是我听说，其实你没病……你只是喜欢和院里的人交流。"

他："嗯，我想找找看有没有和我想法相同的人，但是后来发现没有和我一样的。"

我："什么样的想法呢？"

他："跟我一样对孤独有细腻看法的人。"

我："对孤独有细腻的看法？"

他："嗯，我一直在研究孤独这个概念，我觉得它非常有吸引力。"

我："怎么说？"

他："难道你不觉得它很有趣吗？假如，有一天这个世界上除了你之外的人类全都灭绝了，那时候你觉得自己是什么？又或者，假如有个人从出生那一刻起，就一个人生活，一个人旅行，那他会产生什么样的思想，形成什么样的自我，或者产生什么样的文化？"

我："一个人的情况下，还能形成思想吗？"

他："说思想可能不太确切，但是一个人肯定还是可以形成一套对这个世界的看法和理解的。你想，世界上第一个发明文字的人，他定义了人类文明体系的很多概念。但是如果一切重来，让另外一个人去重新发明文字，从他的世界观出发，或许就会出现一套全然不同的文字甚至文化体系了。"

我："这就是你喜欢孤独的原因吗？因为你觉得孤独能引发人思考？"

他："只是一方面吧。人类很多伟大的思想都是在孤独的情况下诞生的，而不是在和他人对话的时候产生的。"

我："的确，有时候一群人在一起，闹闹腾腾的，心情是好了，却没有产生思想火花的契机。当你孤独时，你才能真正面对这个世界，和世界对话。"

他："你说的其实还比较浅薄。人多并不意味着不孤独，在熙熙攘攘的街道上，没有人注意你的时候，其实也是一种孤独。孤独和身边人多少没有关系。"

我："这倒也是。这种孤独可能比独自一人时的孤独更难忍受。"

他："是，不过在孤独的排行榜里，这种孤独只是第六层。"

我："孤独还有层次？"

他："有的，孤独也是有层次的，只不过一般人可能会忽视。"

我："我有点好奇了。"

他："那我从头说起吧。最低级的孤独在你独处的时候，比如一个人待在家里，或者漫步在城市公园里，那时候，你的心会非常平静。但是，你的心其实还羁绊在城市里，你知道，你在这个世界上不孤独，不远处的汽车喇叭声，更远处建筑工地上的施工声，都会维持你内心的羁绊感，这就是第七层孤独。"

我："那第六层孤独就是你刚才说的情况吧？"

他："是的，第六层孤独，就是你身在闹市之中，但是你和周围的群体已经断开了羁绊，你感觉自己已经融不进身边的群体之中，虽然你和他们处于同一个空间，但是你们的心已经拉开了距离。"

我："那第五层孤独呢？"

他："第五层孤独在山巅时才会有。当你站在喜马拉雅山巅时，远离的不单单是人类，更是自然界的各种生灵。那时候，你会产生更强的孤独感，会觉得自己是整个世界唯一的生灵。"

我："这种孤独，我感觉已经接近极致了。"

他："但是还有更深层的孤独。第四层孤独是在尼莫点，这个词你可能不熟悉，简单来说，尼莫点位于南太平洋的最深处，它是地球表面距离陆地最远的地点。在那里，离你最近的人类在你头顶400千米高的空间站。那是世界上最安静的自然地点。比在山巅更孤独的是，那里连风也很弱，你连地球上大自然的声音都很难听到。这就是第四层孤独。"

　　我："如果这样的话，那下一层孤独怕是在太空了。"

　　他："太空是第二层孤独。在尼莫点和太空之间，其实还有一层，那就是吸音室。在世界上最安静的吸音室里，任何声音都会被吸收，你甚至听不到自己说的话。你的耳朵都会因为过度安静而耳鸣，这是因为人平时待在比较嘈杂的环境中，耳朵习惯了各种噪声，当突然进入一个非常安静的环境中时，人体就可能自创出噪声进行自我补偿，这就是第三层孤独了。在最安静的吸音室里，你唯一能听到的是自己的心跳声，那心跳声就像火山轰鸣一样在你的身体里传导，你根本就睡不着。在世界上最安静的吸音室里，你待上一个小时都会近乎疯狂。"

　　我："难以想象那样的场景，这就是所谓的物极必反吗？"

　　他："差不多。至于你刚才说的第二层孤独，其实也不完全正确。太空的确很孤独，但是我说的孤独，是远离人类的深空。一个能用通信器和地球指挥中心联系的宇航员并不孤独，但是当他被抛弃在遥远的深空中，独自一人飘荡在太空最深处的时候，才是致命的孤独。这比在吸音室里更难以忍受，除了黑暗和自己的身体之外，你什么也接触不到，无凭无依，不知道未来在何处，这种孤独和恐惧会让你宁可选择死亡。因为你的孤独在时间上有了延伸，你对未来的期待被掐断了。"

我："可是……这还不是最深层次的孤独吧？还有比这种孤独更深层次的吗？"

他："有，那就是植物人。当然，不是普通的植物人。"

我："植物人？"

他："嗯，丧失了视觉、听觉、嗅觉、味觉的植物人。这样的植物人还有思想，但身体已经几乎离他而去了。这个时候，个体的自我概念才会真正显现。他将面对绝对的自我，也就拥有了世界上最深的孤独，而且是连死亡都无法选择的令人绝望的孤独。这才是第一层孤独。"

我："你见到过那样的孤独吗？"

他："不是见过，而是曾经体会过类似的情况，虽然只有非常短的一段时间。"

我："哦？"

他："我曾有一次在爬山时不慎从山上摔下来，或许大脑受到了强烈的震荡吧，那时我瘫在地上，睁不开眼睛，听不到外界的声音，更是感受不到我自己的身体。那时候的我，除了思考之外什么事都做不了。"

我："后来呢？"

他："我非常绝望，很痛苦，很孤独，很无助。我一度以为自己已经死了，当时拥有的就是死后的感觉——还有思想，但是什么也感觉不到，能意识到的只有自己还存在着。"

我："那太绝望了，单单想一想就能让人呼吸困难。"

他："是啊。不过，后来我也找到了在那样的世界里生存的办法。"

我："哦，什么办法？"

他："一开始是脑内唱歌。我在脑海里想象我这辈子听过的所有歌曲，一首又一首，那些经典歌曲能够安抚我的心灵，让我变得平静。到最后，就是我不用特地去回想，那些歌曲也会在我的脑海里自动播放，就好像我的大脑里有一台老式唱片机一样。这时候，我发现自己居然不再孤独了。"

我："嗯……在大脑里放歌让自己不孤独，的确是个很好的办法。人在听歌的时候确实会忘记时间的流逝。"

他："但那也仅仅是开始，你知道后来又发生了什么吗？"

我："发生了什么？"

他："听歌安慰自己只是一个开始。后来，随着脑海里歌曲的播放，我开始回忆我的过往人生，甚至开始想象我在这个世界上见过的一切。每一片树叶、每一朵云彩、每一粒沙子……全都栩栩如生。比如说一片树叶，它的叶脉纹路、锯齿状边缘和表层的褶皱感，居然都变得清晰无比，那种感觉太不可思议了。于是我继续想象，一张床、一张沙发、一张桌子，桌子上放着满满当当的茶具和水果……结果它们真的在我的脑海里出现了，那么真实、美好。之后，我又想象自己的别墅在一望无际的大草原上，大草原的上空有蓝天白云，远处可以看到巍峨的雪山和零星的牛羊。结果，这些都出现了，每一件事物都那么鲜活、真实。那时候我才意识到，我创造了一个世界。对，我变成了造物主。我在自己的脑海里创造了一个和真实世界几乎没有区别的二号世界。我突然明白，孤独的尽头不是绝望和无助，而是拥有创造世界的力量，创造出独属于自己的崭新世界。"

我："简直就像是在玩一个游戏。"

他："是，而且这个游戏在你的脑海里，完全由你控制。更重要的是，你能够真实体会到这个世界里的一切。我差点就在那个我创造出来的世界里产生嗅觉和味觉了，可惜那之后不久，我醒了，我创造的那个庞大的世界瞬间就崩塌了，所有的一切都消失了。我就好像从梦境里被人打捞了出来。"

我："这说明你真实世界的肉体没有出现长期的损伤。"

他："是啊。我应该庆幸我的身体能够恢复，但还是感到莫名的失落。我甚至有再体会一次那种孤独尽头的创世感的冲动，可惜，在那之后我再没体会过。"

我："所以，你一直在思考孤独？"

他："是啊，从那之后，我对孤独有了更深层次的体会。我开始思考什么是孤独，了解了很多关于孤独的事。我觉得孤独的尽头藏着巨大的秘密，那是一座伟大的宝库，等待着人类去发掘。我有时候甚至想，或许我们生活的这个世界，也是某个孤独者想象出的脑内世界吧。"

我想，他的确是这个世界上最懂孤独的人之一。可是，我并不想去感知他所说的那个孤独尽头的世界，因为，并不是每一个去过的人都能侥幸归来。

十三、谁是世上最美的女人

他："你觉得美是什么？"

我："你指的是自然风景的美，形容人外貌的美，还是更广义的心灵美？"

他："今天这个话题，我不想展开得太多，这里特指外貌美。"

我："我觉得所谓的外貌美，是外表健康、五官端正，让人看了之后赏心悦目。"

他："你这话说了等于没有说。在外貌上，美这个概念很大程度上和人类的生存本能挂钩。"

我："我好像听说过类似的言论。"

他："嗯。人体的美基本都是和生存、生育挂钩的。比如，人们为什么更喜欢光滑的皮肤？因为这意味着身上没有长疱疹、湿疹或者患皮肤病。在原始社会恶劣的自然环境下，一个人患有这些疾病，极有可能死亡，或者遗传给下一代。正因如此，人类基因中想要生存、保护后代的程序会对那些皮肤光滑的人产生偏好。"

我和"爱美者"的这番对话，发生在参观一场画展时。围绕着一幅少女油画作品，我们逐渐谈起了美的话题。

他："世界上所有关于人体美的界定都脱离不了生存和生育，这就是我想强调的。"

我："不过，我听说不同国家的审美偏好是有差异的。"

他："对，这一点你说对了。比如，日本人眼中的漂亮女性和韩国人眼中的漂亮女性，以及英国人眼中的漂亮女性，在外貌上是有明显区别的。一方面是因为不同地区的气候条件、地质环境有差异，另一方面当然也有基因和人种带来的审美差异。有一种观点认为，像俄罗斯那样的北方地区气候更为寒冷，温度更低，所以需要有更高挺的鼻子对进入鼻腔内的空气进行加热，以维持人体正常的呼吸，久而久之，就形成了北方人种高鼻梁的特征。当然，这不过是一家之言而已。但是从根本上来说，人的审美偏好终究还是为生存这个终极目的服务的。"

我："这个说法是比较容易接受的。有种观点认为，男人更喜欢身体丰满有曲线的女性，是因为这样的女性更容易生养后代。"

他："是啊。而且你知道为什么人类社会中，公众对女性颜值的关注度远远高于男性吗？"

我："是因为女性更多地承担了生育的责任吧？"

他："是啊。你想，在孕育下一代的过程中，男性几乎只提供了一点精子，女性却要怀胎十月，等到孩子呱呱落地之后，还要承担哺乳责任，因此女性的生理系统注定是更敏感、更精细的，稍微出点毛病，可能就无法正常生产后代。比如，女性在怀孕期间突然发高烧，或者突然感染了某种病毒，胎儿可能就会胎死腹中。而从'美的程度意味着人体健康程度'这个角度出发去审视，就不难理解为什么社会公众对于女性外貌的关注度要远远高于男性了。因为我们都希望孩子能平安诞生、成长。"

我："有时候仔细想想，人类的一些行为的确符合进化论的逻辑。"

他："人类社会本来就是一台极其精巧的机器，其内部的逻辑非常严谨。当然，我今天不想对人类社会的运作作太多评论。我们聊聊关于美的话题就够了。我想问你个问题，你觉得理论上可能存在一个世界上最美的女性吗？"

我："你这个问题倒是一下子问住我了……不过，既然你说了只是理论上，那我觉得应该存在吧。"

他："你的回答不准确，其实关键在于，我们该相信哪一套理论。不同的理论可以产生不同的最美。"

我："哪一套理论？"

他："嗯，关于世界上最美的女性，其实存在着四套不同的理论。第一套理论认为人类存在共性审美——世界上最美的女性，是全人类喜欢的女性的脸叠加后摘取共性形成的脸。打个比方，我如果能把全世界人觉得漂亮的女性的脸部照片叠加在一起，然后寻找其共性规律，再根据这种规律进行绘制，就能够绘出这个世界上最美的女性。任何人看到这个女性后，都会赞叹不已。"

我："这在技术上似乎是可以实现的。"

他："对，的确可以实现。人工智能绘画技术已经可以做到这一点了。也就是说，在共性审美这套理论的支持下，我用大数据和人工智能绘画技术，真的可以画出一个世界上最美的女性来。"

我："那其他理论呢？"

他："第二套理论认为，文化对群体的审美会有显著的影响，不同时代的人会产生不同的审美偏好。比如，有些人认为唐代以胖为美，可能就是这一理论的一种反映。再比如，20世纪60年代，蜂窝状发型流行一时，那时候的人就觉得这种发型非常美。如果这个理论为真，那么不同的时代就可能产生不同的最美女性。在这套理论下，所谓'世界上最美的女性'是可以根据人类审美偏好进行自我纠正的，就没有固定的标准了。"

我："这似乎也有一定道理。"

他："是的。然后就是第三套理论了。"

我："第三套理论又是怎么看待世界上最美的女性呢？"

他："第三套理论认为还需要考虑一个非常重要的因素。"

我："什么因素？"

他："年龄。"

我："哦！我好像明白了。"

他："对，不同的人喜欢不同年龄阶段和外貌特征的女性。比如说，有些人喜欢所谓的'萝莉'，有些人喜欢所谓的'御姐'……不同人对不同年龄阶段的女性外貌有显著的喜好差异。所以，第三套理论认为，所谓'世界上最美的女性'必然是能够随心所欲根据自己的年龄阶段来调整外貌的。"

我："你这么说，倒是彻底打开了我的思路。年龄这一因素我之前的确没有考虑到。"

他："还有一个因素很多人也没有考虑到，而且它非常非常重要。"

我："什么因素？"

他："感情因素。"

我："感情因素？"

他："是的。很多人都忽视了审美其实是主观的，是会受人的情绪和境遇影响的，所谓'情人眼里出西施'，就是这个道理。当你喜欢一个人时，你的喜欢会给她的外表加滤镜。很多人照镜子的时候，都不会觉得镜子里的自己长得丑，这是因为每个人从小到大已经习惯了自己的长相，这种熟悉感产生的亲切感，会影响他的审美，最后导致他产生不同的审美判断。这也是为什么很多人会提到心灵美，因为心灵美的人会让人产生亲切感，而亲切感会影响人对美的判断。永远不要忘记，审美始终是一种主观判断，无法做到绝对客观。这就是人类优于机器人的伟大之处。"

我："我算是长见识了。的确，人类终究是一种有感情的生物啊。"

他："是啊。不过，我现在想问问你，刚才我所说的那四种理论，你觉得哪一种理论下的女性最美？"

我想了想，回复他说："我觉得是第四种。"

他笑了："我也这么认为。世界上哪有什么真正的最美，有的只是关于美的感受罢了。这个世界上最美的人，一定是最值得我们去爱的人。很高兴今天能和你有这番对话。"

我："我也很开心，谢谢。"

这番对话开始于偶然，结束于我们两人最终在美的概念上达成共识，我认为这是一次非常愉快的对话。

对普通人来说，"爱美者"只是一个对美有着独特见解的艺术品收藏家；对我来说，他在和我交流的过程中，所表现出的一切都非常正常，与常人无异。

我唯一无法理解的是，他为了感受女性美，而做了变性手术。

直到我写下这段文字，也无法确定用"他"这个代词来指代"爱美者"是否准确。

十四、她是个"扫把星"

他被警方长期盯控，原因是警方认为他绑架了一个女学生，并且私藏在了只有他知道的地点。他本人不否认这一点，却拒绝说出被他私藏的女学生的下落。另外，因为他被鉴定为精神分裂症，因此警方无法将其提供的一些证据作为证据，当然，警方也缺乏决定性的立案线索，因此，他被安排在院内接受治疗。

很多人都希望他能够恢复清醒的意识。据说他住院期间，有不少人找过他，想从他口中套出女学生的下落，可是不管询问者用什么样的方式问，他都绝口不提。

经过多次预约后，我终于见到了他。一开始，他对我也是有所提防的，但是在经过一番谈话后，他渐渐放松了警惕。我们之间的对话，也开始变得轻松愉快起来，他甚至还给我泡了一杯雨前龙井。

我："听说你把一个女学生给藏了起来，这是真的吗？她好像……才十六岁？"

　　他："是真的，我不否认这一点。"

　　我："那她……还活着吗？"

　　他："她活着，还活得好好的。她很感谢我，是我救了她。她现在正快乐地生活在这个世界的某个角落。"

　　我："她还感谢你？为什么？我无法理解。"

　　他："她为什么不感谢我？因为其他在找她的人，都想杀了她啊。过去这些天里，有不少人来过院里吧？"

　　我："是的，我听说了，据说那些人是女学生的家属，他们正焦头烂额地找那个女学生。"

　　他："什么，他们是雨晴的家属？简直就是天大的笑话。"

　　我："这怎么说？难道说那些在找雨晴的人，不是她的家属？"

　　他："当然不是，不仅不是，他们还是一群凶残的野兽。我从一些朋友口中听说过关于你的一些事，我相信你是个纯粹正义的人，所以跟你说一些真话也无妨。你知道那些人为什么要找雨晴吗？"

　　我："不知道，为什么？"

　　他："他们想把雨晴抓去祭天。"

　　我："祭天？我……没听错吧？这不是过去传统社会里的……活人祭？"

　　他："就是这样的情况。你听说过河伯娶妻的故事吧？在古代，一些频发洪水的村子里，会选出漂亮的女子丢进河里献给所谓的河伯，成为河伯的新娘，从而安抚河伯的情绪，避免村子遭洪水侵害。"

　　我："可那是蒙昧年代的事吧？现在都已经是讲科学的时代了，

哪里还有这样的事？"

他："不管你信不信，这样的事情真的就有。雨晴她不是什么普通的女学生。"

我："怎么说？"

他："她有一种特殊的能力——阻止灾难发生的能力。"

我："啊？阻止灾难发生的能力？这怎么说？"

他："这么说吧，之前全世界发生疫情的时候，就雨晴所在的小区没有一个人被感染。城里下暴雨导致洪水的时候，就雨晴所在的学校没什么事。后来雨晴乘坐飞机去旅行时，飞机不幸坠落，但是雨晴和她周围的人全都活了下来。之后她又去了阿坝州，那里发生了6级地震，周围的棚户倒了一大片，但是偏偏雨晴所在的棚户一点事都没有。"

我："这么巧？按照你说的，雨晴好像总能碰到一些灾祸，然后自己又能避免？"

他："是的，雨晴是'难女'。"

我："'难女'？那是什么？"

他："就是能感应到灾难即将发生，然后下意识地去大灾难将发生的地点，能阻止局部区域的灾难发生的女子。"

我："真的有这样的事吗？"

他："真的有，千真万确。雨晴的家族是个很古老的家族，据说是为秦王写了《告巫咸文》的巫师祭司。雨晴的身体里流淌着先祖的血液，也有一些预知吉凶祸福的能力，但是很多时候她自己是无意识的，她会提前感应到即将发生灾祸的地点，她可以保护灾难发生地的一部分人，阻止一部分区域的灾难发生，但是很难拯救所有的人。这样的情况已经发生很多次了，很多人知道了雨晴的能力后，就想把她抓起来，拿她去祭天，然后阻止一些灾难、祸事的发生。"

我："这能做到吗？"

他："能做到。抓雨晴的那些人，也来自一些很古老的世家，他们祖祖辈辈都有过寻找'难女'的经历，有很多次就是靠拿'难女'祭天来解决一些大灾难的，比如瘟疫、大洪水、大地震、大旱、虫灾，甚至连战争都能阻止。"

我："可是像病毒传播这种事是随机的，而且和潜在感染对象的身体素质有关，就算拿雨晴祭天也没有用啊。"

他："有用的，雨晴真的有那样的能力，如果把她抓去祭天，能不能阻止全世界的瘟疫不好说，但是，那些抓雨晴去祭天的人居住的那片区域绝对在很大范围内都不会有瘟疫暴发了。"

我："太玄学了。"

他："对你来说是玄学，但是对于相信雨晴能力的人来说不是玄学，而是真真切切的。而这些人一个个都是魔鬼，甚至，他们中的部分人认为，雨晴的能力还有进一步开发的空间，等开发到极致后，牺牲了雨晴，整个世界在未来十年里都不会发生大的灾难。"

我："要……怎么开发雨晴的能力？"

他："折磨她，虐待她，用火烫她，用水淹她，用鞭子抽她，用针扎她，甚至是……强暴她。那些想抓雨晴的人，就是想对她做这种非人的事！"

我不禁义愤填膺："他们简直是疯了！这群变态、畜生！"

他："但是这就是他们的逻辑，对于那些相信雨晴的能力的疯子来说，牺牲雨晴一个小姑娘去拯救更多的人，是值得的。"

我："这种行为不是魔鬼的行径吗，打着拯救世界的旗号，然后硬性要求一个不想死的小姑娘去死？"

他："对啊，你也明白了吧，这就是魔鬼的行径。但是，这个世界上很多人就是抱着这样的想法，他们觉得牺牲少数人去拯救多数人是理所当然的，更别提只是牺牲一个小姑娘去拯救全世界了。这种功利主义的思想，我是非常厌恶的。"

我："听你这么说，这个世界上的确有很多这样的人。可是，在没有选择的时候，牺牲少数拯救多数……似乎也是没有办法的办法。"

他："我知道，著名的电车难题就是关于这一点的，一个解就是牺牲少数人去拯救多数人。但是我要说的不是这个问题！牺牲少数人拯救多数人，是在没有其他选择的情况下！但是现实世界中，很多人却把这套逻辑变成了一种惯性思维，但凡他们遇到稍微困难点的局面，就只想着牺牲少数拯救多数，而不愿意齐心协力，走一条虽然艰难，但是能真正突破困局的道路！你知道吗，雨晴不是带来灾难的厄难之女，就算没有她，灾难还是会如期到来。她本来没有拯救世人的义务！她是一个可以做出自己选择的自由人，没有任何外人的意志应该强加给她。试想一下，如果没有她，洪水到来时，人们就会想着联手抗洪、携手赈灾，但是当雨晴在的时候，人们就会依赖她，觉得牺牲她就可以拯救所有人，于是形成了依赖，放弃走一条真正该走的正确道路。牺牲少数拯救多数在没有其他选择的情况下是一种有效的选择，但是，我们不能形成路径依赖！"

我终于明白了他想告诉我的东西，那一刻，我从他的眼里看到了辉煌的闪光，好像太阳一样闪耀。

我：“我懂你的意思了。我支持你，可是，你要把雨晴藏到什么时候呢？”

他：“藏到我有能力改变世界的时候。”

我：“改变世界？”

他：“我现在和'轮回者'进行着合作，我要跟随着他的脚步，去改变整个世界。”

我：“你说的'轮回者'，就是自称发明了时光机，可以拯救全世界的人，还可以把未来的技术带到现在的那位？”

他：“对，现在的我既是他的合作者，也是他的头号信徒。他告诉我改变未来的技术，这些技术可以改变地球的天气地质、山川海洋，甚至可以撬动地球、推动太阳，都是能够真正改变全人类未来的技术。我要研究这些技术，把它们传播出去，这才是拯救雨晴的办法，虽然那是一条艰难而漫长的道路，但是，这是正确的道路。”

我终于明白了为什么他会这么信任我，显然，之前在和"轮回者"接触的过程中，他听说过我。

我问："你对雨晴这样痴情，她是你的恋人吗？"

他沉默了一会儿，然后回答说："很难定义。但是我曾经当过一段时间她的老师，我以前是研究伦理学的，我觉得，牺牲少数去拯救多数是不对的。我想拯救她，也有一部分原因是因为我信奉自己的理念。"

我："那你觉得……你最后能成功吗？"

他笑了："肯定可以的。人类世界还没有脆弱到需要靠牺牲一个十六岁女孩来拯救世界的地步。

"世界的责任不该落在一个十六岁女孩小小的肩膀上。遇山开山，遇海填海；洪来抗洪，旱来调水；与天斗，与地斗；兵来将挡，水来土掩；敢上九天揽明月，敢下五洋捉龙鳖……这种愚公移山、夸父逐日、精卫填海的气魄才是我们精神的核心，因为我们敢与天地斗，不需要牺牲一个小姑娘来拯救世界。那些说可以牺牲雨晴来拯救世界的人，都不过是不敢直面灾难，不敢与天地抗争的脆弱者的胆怯言论罢了……"

他的慷慨发言彻底点燃了我的内心，让我热血沸腾。不得不说，他的一番言论真的非常具有煽动性，也极能振奋人心，他甚至很适合去当一名演说家。

我一字不差地记录了他的故事和他所说的话，而且在离开前，我祝福并恭喜了他。

如今，我清楚地知道，他走的这条路虽然满是荆棘，但注定会成功的。

因为我收到过"轮回者"来自更遥远未来的信息。

当然，另一方面，我也尝试着调查了那些一心寻找着雨晴、想要带走她的人群。有趣的是，根据我的多方打听，他们似乎真的只是想要找回自己家族失踪女孩的普通人，并没有什么特殊的家族背景，也坚决表示并不知道什么"巫祭"或者"厄难之女"之类的事。

因此，我又一次面临两个选择，我是选择相信那位伦理学研究者的话，还是雨晴家属们的话？

几经思量后，我还是选择了前者。

因为，我选择相信未来。

十五、生命的本质就是吃喝玩乐

他做过一段时间人工智能的研究。在研究过程中，他在自己的身上贴满了电极贴片，几乎把自己贴成了一束蒲公英。

后来，他放弃了。听说，在他结束研究的那段时间里，他的脾气非常暴躁，谁都不敢和他深入交流。再后来，他似乎接受了自己研究失败的事实，脾气变得温和了很多。

我约他在一个茶吧见面，之后便有了一番关于人工智能和生命本质的谈话。

当茶吧里的一台机器人把茶水端到我们面前时，他笑了，满脸嘲讽。

他："粗糙的东西。"

我："你是说这台端茶机器人吗？"

他："难道不是吗？你不觉得这台机器人很粗糙吗？"

我："比起国际上技术先进的机器人，这台机器人的确有些粗糙。"

他："不是技术先不先进的问题，而是生命本质的问题。机器人再怎么智能，也是伪智能，属于'伪强人工智能'的范畴。"

我："什么是'伪强人工智能'？"

他："就是看起来非常智能，能回答你提出的各种问题；能帮你做很多事，比如搞艺术创作、建筑施工；还能给你提供一些服务，比如运输、教育等。但是，它们是没有自我意识的。哪怕它们的形态再像人，表情再丰富，回答的内容再接近人类的思维甚至超过人类的思维能力，它们也不是生命。"

我："为什么呢？"

他："因为再强的人工智能也缺乏生命之间该有的共情性。"

我："共情性？"

他："这个比较难一下子理解。我打个比方，你在路边看到一只野猫躺在地上晒太阳，一下子就能感觉到它这么做很舒服。或者，你看到一只野猫妈妈保护着一群刚出生不久的小猫，立刻能体会到猫妈妈的苦心。这就是生命和生命之间的共情性，因为你是有血、有肉、有父母、有生活体验和生理需求的生命，所以能够迅速明白其他生命的感受。可是冷冰冰的机器人是不会有这种感受的，它们的思维不过是不同模型下的不同信号反馈方式，本质上还是工具，不是生命。哪怕技术再进步一百年，它们也不会是生命。"

对于他的这个观点，我持有一定的保留意见，但这只是直觉上的保留，因为我不是相关领域的研究者，所以很难找到专业的理由去反驳他。我能做的只有记录和聆听。

他："随着人工智能的发展，人类很多关于心灵的问题都有了答案。但是人们总是关注心灵的问题，却忽视生命的问题。而生命，才是最重要的。"

我："生命问题？"

他："是啊。会吃饭睡觉，会新陈代谢，会繁衍进化，会修复治愈，等等，这些看起来最简单、原始的行为才是生命的核心。人们总是在乎人类看起来领先于其他动物的智慧和心灵，却连最基础的生命都忽视了。但是人和人工智能的不同之处，关键就在于生命啊。人工智能没有共情性，甚至没有具身认知性。"

我："你说的具身认知性，具体指的是？"

他："打个比方，我给你一本关于如何骑自行车的书，你哪怕把书翻烂了，把书里的每一个字都倒背如流，也未必会骑自行车；但是如果你亲自骑一辆自行车试一下，或许不用两分钟，你就学会了，这就是具身认知。通俗点说，就是亲身体会。我曾经在自己的身上贴满了电极贴片，把我身体里的所有信号传输到一台我的团队研发的机器人的身体里，希望它能够通过搜集我的身体信号，产生和我类似的具身认知。但是后来，我放弃了，因为我发现这是不可能的。"

我："为什么不可能呢？我觉得你的思路很正确啊。"

他："一方面是技术上的问题，很快我发现电极贴片太少。人的感觉是非常灵敏的，每一根毛发都能感知外在刺激，每一小块肌肉都能产生冲动释放电信号，难道你能给身上的每一根毛发、每一块肌肉都贴上电极贴片吗？"

我："这……的确很难。"

他："但这不是最关键的。人类的信号搜集还不单单来自身体的表层运动，还有内部器官的各种运动。比如，肠胃痉挛、心脏的跳动、肝脏运作产生的各种感觉等，你的大脑无时无刻不在接收这些信号。但是你不可能给这些器官都装上电极贴片，然后对应到另外一台不可能有五脏六腑的机器人身上。"

我："呵，还真是这么个道理。"

他："就是因为这一点，所以机器人注定不可能产生和人一样的感受，甚至都不会产生和动物类似的感受。俗话说，'麻雀虽小，五脏俱全'。人类是可以和麻雀产生共情的，当你掐住麻雀的身体时，当它在你的手里挣扎时，你是可以感受到它的疼痛的，但是机器人不会。因为机器人缺乏可以和人类映射的生理构造，它所进行的语言问答、艺术创作、机械作业，本质上不过是在玩符号游戏罢了。在未来，机器人肯定可以做更多超出人们想象的事，很多人也会因为它们而失业，这是可以预见的，但是它们依然不属于生命，依然不会有自我意识。当然，这还涉及另外一个概念，那就是主动性。"

我："主动性？"

他："是啊。主动性是动物特有的行为，人会根据身体的一系列复杂反应产生的需求感，而有针对性地去外部世界寻找满足自己需求的各种资源，甚至去制订满足自己需求的举措和计划。而机器人呢？它不会主动做这些事。它会主动去采矿，主动去寻找能源满足自己的身体需求吗？会主动改造世界，走向星辰大海扩张种群吗？不会。除非背后的人类向它们的程序输入了达成类似目标的指令。否则，它们是不会为了满足自己的需求而去主动采取什么措施的。而没有主动性的物体，又怎么能算高级生命？这就是机器人不会变成生命的原因。机器人再怎么发展，也只会是少数发布了指令的资本家获取利润的工具，永远无法取代人类成为这个星球的生命主宰。机器人没有冲动，没有主动性，也缺乏感性。然而事实上，感性行为占据了一个人九成以上的行为组成，感性才是人的本质。"

我："你是因为想通了这一点才失望的吗？"

他："不是失望，是绝望。我一开始的目标就不是研发机器人，而是创造机器生命。但是在这个领域，越研究我就越绝望，因为我发现这真的是一条死路。人体的精巧和复杂远不是机器人能比的，打个比方，你有时候会不会感觉身体的某个地方莫名有点痒，或者哪块肌肉莫名抽搐了一下？"

我："有，很常见。"

他："这些身体随机产生的现象，就是机器人不会有的。这可能是你神经信号传递的时候卡顿了一下，可能是你身体某些死亡细胞的剥落，可能是你体内血管在血液冷暖情况不同时的舒张变化，也可能是某只虫子或者一团细菌在你的身上捣乱。而机器人是不会有这种细微的感受的。还有啊，人体还是一个复杂的系统，人体内有各种的细菌、真菌，离开了像大肠杆菌这样的细菌，人体根本无法正常运转。人体其实是一个巨大的百花园，绝不是一大堆器官堆砌在一起这么简单。而机器人远远达不到那种复杂程度。"

我："不得不说，你对机器人的看法给了我很大启发。不过，人工智能对当今世界产生的巨大冲击也是真实的。"

他："这一点我一直不否认。但是，那只是现在。"

我："只是现在？"

他："现在算是人工智能技术快速发展的爆发期，但是之后，这个技术就会碰到巨大的瓶颈。到了那时候，会有越来越多的人意识到，生命和非生命之间终究还是有着不可逾越的巨大鸿沟。"

我："不知道那一天什么时候到来。"

他："不会太近，也不会太远。"

有很多朋友看过我和他的聊天记录之后都来问我，这位做人工智能研究的"专家"，似乎除了情绪比较低落、对人工智能的发展前景态度悲观之外，并没有任何精神异常的表现，为什么我要把他的故事写进来呢？

我笑着告诉他们，焦虑症也是一种常见的精神疾病。而且，那位人工智能研究者，曾经为了体会机器人的感受，给自己长期通微电流进行自我刺激。

机器人不能理解人类的感受，人类就能理解机器人的感受吗？

十六、十二个恶魔

　　我本来想把这篇故事放在开头，但是考虑到这次对话的"病人"的观念太过复杂且繁多，阅读门槛会比较高，因此还是放在了这里。

　　这次记录的这位采访对象，其实是我最初采访的几人之一。在一开始接触精神病患者这个群体时，我对自己的世界观坚固度有着十足的信心，但是在见到他之后，我的世界观开始崩塌了。

　　见到他时，他正盘腿坐在床上，皱着眉头，表情痛苦。

　　我："你哪里很难受吗？"

　　他："很难受，我在跟它们做斗争。"

　　我："它们是谁？"

　　他："住在我脑子里的恶魔。"

　　我："你的脑子里住了恶魔？"

　　他："是的，很多恶魔。"

我："有多少？"

他："十二个。"

我："恶魔长什么样子？"

他："恶魔只是个比喻……它们没有具体的形状，或者说，我很难描述。它们长得很像窟窿。"

我："什么东西上的窟窿？窟窿总是相对于某个物体的表面而言的吧？"

他："我的思想。"

我："嗯……让我捋一下。你的意思是，你的思想世界里有十二个窟窿，这十二个窟窿就是那十二个恶魔。"

他慢慢睁开了双眼，表情复杂："对。其实不单单是我，每个人的大脑里可能都会有这些恶魔，只不过我能更清晰地看到它们，所以我只能跟它们做斗争。"

我："我能看到吗？"

他："恶魔大概是一种思想体，一个恶魔代表的是一种可怕的思想。我可以说给你听，但是你能不能看到它们，就不知道了。"

我："那你说吧。"

他："一开始我也不是很清楚这些恶魔的身份，但是后来我慢慢意识到，这十二个恶魔，其实是人类世界中的十二种可怕的思想……或者说，类似于隐忧、恐怖假想之类的存在。一想到它们，我就会坐立不安、不寒而栗，甚至彻夜难眠。"

我："我彻底被你勾起好奇心了。你详细说说吧。"

他："我可以跟你说，不过有言在先，我会一口气说完，在我说完之前，你不要打岔，不要提问。就算听不懂或者迷惑，也要等我说完之后再开口。"

我："可以的。"

他："好，那我开始说了。我思想世界里的第一个恶魔，叫'命定恶魔'。这个恶魔代表了一种思想，那就是这个世界上所有发生的事都是命中注定的。也就是说，万事万物——包括我们人类的命运——都是早就写好的剧本。"

我："这就是经典的决定论思想吧？"

他："我不是说了嘛，不要打岔！"

我："对不起，我不说了。你继续吧。"

他："我知道你说的决定论，也就是牛顿和爱因斯坦的世界观，认为世界是有序的，按照严格的定律来，它的行为完全可以预测。而现在的量子力学又说世界是随机的。事实上，部分弦理论研究者认为，所谓量子不确定性、概率性、随机性，也只是在低维度下的人看不清全部现象而产生的错觉，如果人到更高的维度去看，这个世界上的一切还是决定好了的！如果这个猜想是事实，你不觉得这个世界会变得很可怕吗？这意味着我们不管做什么都没有责任了，因为都是命中注定的。随便做坏事，也不需要内疚，不需要有罪恶感，因为这是上天写好的剧本，是老天爷安排我去做的，所以我也不会受到什么惩罚。这就是'命定恶魔'可怕的地方！一想到世界的真相可能是这样，我就感到强烈的不安，可是又没有办法反抗。"

我没有接话，只是静静地听他继续说。

他："第二个恶魔是'僵死恶魔'。这里说的僵死指的是人表达能力的封闭，而且仅限于特殊群体，比如植物人。你有想过吗？有一些植物人有可能是有思想和感觉的，他们只是失去了对肉体的控制能力，以至于无法说话，无法动弹，但是他们能听到别人在说什么，能感知到外部世界。这样的情况，想想都足够让人窒息和绝望了！第三个恶魔是'自私恶魔'，这个恶魔认为，人和动物一出生就是自私自利的，所谓善良与合作都出于个体利益的需要，是暂时的、随意的，人的基因就是自私的。人类社会之所以能发展和进步，本质也是自私在推动，所谓和谐、善良也都是邪恶的自私者的谎言和误导。第四个恶魔是'热寂恶魔'，这个恶魔是关于宇宙结局猜想的。热力学第二定律认为，宇宙的熵在不断增长，整个宇宙未来会变得越来越无序，人类能够利用的能量也会越来越少，最后宇宙会在极低能的状态下彻底灭亡。如果这是真的，那么宇宙的结局就是灭亡。这样一想，我就很绝望。如果我们的宇宙注定要毁灭，那我们现在做的一切又有什么意义呢？所有的美好都不过是自我欺骗罢了。第五个恶魔是'虚假恶魔'，这个恶魔是关于意识真假的。有种假设是世界是虚假的，我们生活在一个虚假的世界里，我们的大脑是被放在水缸中的大脑，被一个疯狂的科学家用电信号控制，这难道不可怕吗？第六个恶魔是'幻觉恶魔'，这个恶魔指出人的思想也是不存在的，我们只是一台根据本能做出各种反应的机器；所谓自我意识也是不存在的，我们能感受到自己的所作所为，但我们的感知只起到一个记录的作用而已。第七个恶魔是'囚禁恶魔'。这个恶魔认为，宇宙是一个巨大的黑洞，我们本身就被囚禁在这个巨大的黑洞中。时间之所以是单箭头向前的，是因为黑洞内的光锥是单一指向的。宇宙的膨胀，其实是宇宙里的物质靠近了黑洞的无限红移面的结果。第八个恶魔是'枯竭恶魔'，这个恶魔认为，科技的发展是有瓶颈的，当科技发展到无法继续进步的时候，人类就会因为地球上有限的资源而发生残酷、激烈的斗争。

最后，无法突破科技瓶颈的人类只能在地球上慢慢死去。第九个恶魔是'墨菲恶魔'。这个恶魔代表的是'墨菲定理'，认为事情不断发展，坏事总会发生，也就是在一条无限长的河边走路，鞋子总会湿的。因为在无限的时间面前，再小概率的坏事也会发生。所以，我们也是注定要灭亡的。第十个恶魔是'猜疑恶魔'。这个恶魔代表的是人和人之间的猜疑和博弈是绝对的，只要这个世界上的人数大于一人，猜疑就无法消除。在猜疑的驱使下，武器的威力只会不断加强，冷兵器变成热兵器，热兵器变成核武器，一直演化下去，直到整个人类社会都奄奄一息，走向灭亡……第十一个恶魔是'虚无恶魔'。这个恶魔代表的是'虚无主义'，认为人类现在觉得活着有意思，只是因为生存压力比较大，如果有一天物质极大地丰富了，人类就会觉得活着没有意义。每个人都会变得无比空虚，最后甚至选择死亡。第十二个恶魔是'隐匿恶魔'。这个恶魔代表的是人类永远无法认知的世界的真相，也就是所谓的'不可知论'。直到文明灭亡，人类对宇宙奥秘的探知，也只是沧海一粟罢了。就像人类无法知道比夸克还要小的微观世界是什么样的，也不知道信息的本质是什么。人类存在时无知，死后依然无知。如果一切真的是这样，那难道不悲哀吗？"

如果不是因为有录音笔，他说的这十二个恶魔，我可能记不住一半。在听完他的全部想法之后，我的世界观的确受到了不小的冲击。

我："你因为想到这些所以寝食难安？"

他："难道你想到这些还能吃得下饭吗？只要这十二个思想中的一种是真的，那就意味着这个世界可以展现出让你无比绝望的一面。这个世界上真的存在让人窒息的绝望。反正我只要想到这其中的一个恶魔，就感觉自己的脑海里满是负面情绪，根本无法正常生活。如果我的命运真的在一开始就被决定好了，那我该怎么办？如果我们的文明注定会灭亡，我活着又有什么意义？如果人类永远无法探寻世界的真相，那么我们该怎样去面对这个世界？这些想法让我难以呼吸。"

我："那……你是怎么和这些恶魔做斗争的呢？"

他："我只能试着放空自己，或者编造一些自己都不一定会相信的谎言去勉强说服自己。但是，我的能力还是太弱了。哪怕打败其中一个恶魔，我都会好过很多，可是现在我真的完全找不到彻底推翻这些恶魔思想的可靠理论，现在的科学也没法给我答案，我只能一直痛苦着。而且，我最近已经越来越撑不住了，说不定我哪天就会彻底崩溃。"

我："那……为什么不去试着接受它们呢？毕竟这个世界上的每个人都是这么过来的。既然无力改变，不如听天由命、顺其自然，活在当下会更好一些吧？"

他突然笑了起来："我最开始的时候也是这样想的，想彻底麻痹自己。后来，我发现这样根本就没有用，那些恶魔根本就甩不掉。"

我："为什么呢？"

他苦笑一声，说："因为啊，当猴子学会像人一样思考后，它就很难再做回猴子了。"

十七、死亡尽头的死亡

对于死亡的认知永远是人类认知领域中最为深刻的一块，我这次接触的这个人，他对于死亡就有一套独属于自己的认知。我不好说他的认知是不是正确的，但是至少他对于死亡的描述，大大开阔了我的视野。

他："你知道什么是死亡吗？"

我："这是一个很难回答的问题。不过如果把人体比作机体的话，那么一般意义上来说，死亡就是机体损坏、功能丧失，无法恢复原貌了。"

他："这个理解不能说是错的，只能说很普通。"

我："可是一般人不都是这样理解的吗？"

他："你说的一般人，指的是这个时代的一般人，在过去，人们不是这样看待死亡的。过去的人认为，人死后可以去天堂或者地狱。

人死后可能会变成鬼，又或者是去投胎转世。"

我："可是时代在发展，人类关于死亡的认知也在发生着变化，接受新的观点难道有错吗？"

他："没有错。人总是容易接受新的东西，因为新鲜的东西更能刺激人的大脑。不过，我还是想说，大多数人对于死亡的认知都太肤浅了。死不是那么简单的一件事，它很复杂，甚至比活着还要复杂。"

我："怎么个复杂法呢？我想知道。"

他："那就说来话长了。如果你有耐心，那我就慢慢讲给你听。南朝刘义庆编写的《幽冥录续三·卷十四》里提到，'人死为鬼，鬼死为聻，聻死为希，希死为夷'。"

我："鬼死为什么？"

他："聻，上面是渐，下面是耳。读jiàn。总而言之，古人认为，人死了之后会变成鬼，但是鬼不是终结，鬼也会死；鬼死了之后会变成聻；聻死了之后又变成希，也就是希望的希；希死了之后就会变成夷，蛮夷的夷。"

我："这些都是什么东西？我没有了解过。"

他："鬼，想必你是知道的。在大部分古代人的认知里，鬼就是人死后离开形体独立存在的灵魂。鬼是类似于灵魂一样的存在，是虚无缥缈、似有似无的。"

我："那聻又是什么？"

他："这就是有趣的地方。《聊斋志异》提到过，'鬼之畏聻，犹人之畏鬼也'。聻是一种让鬼都害怕的存在，那它到底是什么东西呢？一开始，我以为聻是一种饿鬼，因为饿鬼会吃鬼。但是后来我发现这太肤浅了，经过研究之后，我认为聻是一种破破烂烂的灵魂体，也就是处于支离破碎的状态。而希是什么呢？根据《道德经》里所说的'视之不见名曰夷，听之不闻名曰希'，当聻死后，它就会微弱到听不到声音的地步。当然，听到声音只是一个比喻，声音指的是交流和信息的传递。希就已经无法再传递信息给他人了，它的存在已经变得十分微弱。希继续弱化，变成夷，就无法被看见。当然，这里的看见只是一个宽泛的说法，具体来说，就是任何观察手段都无法捕捉到夷的存在，一个生命到了'无形'的状态。在《古代汉语》里，'夷'也有'消灭、杀尽'的意思。因此，'夷'指的就是彻头彻尾的消失。"

我："我算是完全理解了。不过，你所说的这些，其实是古代人一种比较落后的世界观吧。在绝大多数现代人的认知里，鬼都是不存在的。科学的研究和测量，也从来没有观察到鬼。而且，世界是由物质构成的，怎么可能还有你说的这些鬼怪的藏身之地呢？"

他："这是你的思想误区。"

我："哦，怎么说呢？"

他："你觉得科学测量是怎么进行的？"

我："用观察，还有各种工具进行测量。"

他："对，用工具，这就是问题所在了。科学家们测量一个对象的时候，通过什么来进行往往要基于某种属性，比如某个对象的质量、冷暖，或者体积、硬度、弹性、辐射值，又或者对周边其他物质的吸引力等，是吧？"

我："是啊。"

他："那这就是问题所在了。科学测量总是基于工具，而工具只能测量某个对象的一部分属性，那么科学家们凭什么可以因为没有测量到那些属性就断定某个对象不存在呢？"

我："可是，如果一个对象无法被测量到，那它和不存在又有什么区别呢？要知道，人体也是由各种物质组成的，组成人体的各种物质在自然界都存在，同时也可以被用来测量其他物体的工具测量到。所以没有道理，鬼这种东西能够影响到人，却不能够被任何工具测量到吧？记得西方有一个著名的理论，就是地下室里有一条火龙，但是这条火龙无法以任何方式被观察到，那么它就等于不存在，至少可以从人的认知世界里排除出去。"

他："你的逻辑学得很好。从逻辑层面来说，的确没有错，对于你的逻辑链，我不会做任何的反驳。但是，哪怕是在承认你的逻辑链的基础上，我还是有我的坚持。我就问你个科学回答不了的根本性问题吧。为什么你是你，而不是张三、李四？为什么你不是欧洲首富的儿子，而是现在的你？为什么你会活在21世纪而不是13世纪？为什么你会长成现在的样子，而不是欧洲人或者非洲人的样子？为什么你是男人而不是女人？为什么在正常生长的情况下，你的身高和体重是现在的数值？这些问题你回答得了吗？"

我："这……"

他一下子把我给问住了，除了上天的随机分配之外，似乎还真的很难用科学理论来解释这些。

他："现在你知道关键所在了吧？我说的东西，不是科学能够解释得清楚的，而是涉及'存在性'，比所谓的质量、弹性、温度、体积这些东西都更为基础。举个例子，各种质量、体积、温度等都是执行命令的士兵，那么'存在性'这个最根本的东西才是指挥长。"

我："所以你之前说的'人死为鬼，鬼死为聻，聻死为希，希死为夷'，表达的也是'存在性'这个概念?"

他："对，我想说的就是'存在性'。从'存在性'这个非科学的角度去看待人死后的种种遭遇，才更真实。人死之后，会经历一个就像小孩子长大为成人一样的漫长阶段。先是变得支离破碎，然后是无法和外界交流，最后则是彻底消失。但是这个消失，是无法被感知的消失，从根本上来说，它还是存在着的，但是不能用任何形体来表达了。就好比我嘴上说一个绝世美女如何漂亮，把她吹得天花乱坠，所有人都会觉得她一定很漂亮，但是如果我真的拿了某个美女的照片来给大家看，说不定有些人就会觉得不漂亮。不管我换哪个美女的照片，众口难调的情况都改变不了。人接连死亡变成夷的情况就是这样的，当人死到了夷这个程度，就处于无限接近'无'的状态，但那又不是真正的无。而科学家所说的各种分子、原子、质子，或者能量、信息、质量、温度、体积等，其实都不过是用来描述和组成有形状态的一些关节和拼图罢了。非要拿科学的一些词汇来比喻的话，人死为鬼，可能指的就是传统的那些稳定的物理量纲变得很微弱，甚至不稳定了；变成了聻，可能就连各种物理量纲也变得支离破碎了，有的时候只有质量没有体积，有的时候只有温度没有硬度，总之就是不完整了；再到后面，就是连和其他物体发生作用，甚至是被人观察到的途径都不存在了。现在，你明白我的意思了吗?"

我："我明白了。如果人死后的过程真的那么漫长，或许我们活着的过程，仅仅是个开始。"

他："或许连开始都算不上。如果死亡是一个漫长的过程的话，我们现在活着的阶段，也许仅仅是前期筹划阶段。"

其实，我最后没有被他的这一套理论说服，因为我是一个偏向于接受科学和逻辑的人。但是不管怎么说，他为了逃避死亡，疯狂购买各种保健品和营养品以及恨不得每天体检的行为，还是向我传达了一个能让人欣然接受的理念，那就是：活着，真好。

十八、怎么证明你就是你?

如果说，前面那位告诉了我死亡过程的漫长，让我进一步认识到人死之后过程的复杂性。那么接下来我要说的这位，则让我明白了死和亡之间存在着巨大的区别。

他是个很特别的人，他的特别体现在他把死亡看得很淡。

还是在熟悉的茶馆，还是在熟悉的下午阳光里，我跟他进行了一番对话。

他："你知道死和亡的区别吗?"

他开门见山，问了一个让我的大脑开足马力高效运转的问题。

我："你这个问题一下子把我给问住了。"

他笑了，笑得有些灿烂，说："人就是这样，很多词汇我们从小在用，却从来没有思考过这些词的深意。比如死亡，明明每天都有无数人提到它，可是当问他们死和亡之间的区别时，很多人就会愣在原地，支支吾吾、张口结舌。"

我："那你有遇到过能准确回答这个问题的人吗？"

他："没有，一个都没有遇到过。当然，这一点我也觉得没错，因为就算是我自己，想通这个问题也花了不少时间。"

我："死和亡应该是近义词吧，两者的意思差很远吗？"

他："某种程度上来说是差不多，但是从另外一个层面来说，却又差得非常非常远。"

我："具体差在哪里呢？"

他："死更多地针对有肉体、有形态的对象，比如人类、动植物。对于人类来说，肉体彻底毁坏，机体停止运作无法再发挥功能，就可以说这个人已经死了。亡却不是这个意思。"

我："亡有什么不同呢？"

他："亡这个词，很多时候和逃一起使用，比如逃亡。其实，亡有流失、失去的意思。这个概念更加抽象，很多时候可以指代一些虚无缥缈、不可捉摸的东西，比如意识、精神。当然，在使用的对象上，亡这个概念也要宏大很多。"

我："宏大很多？"

他："是啊，比如一个国家的灭亡、一种文明的衰亡、一个种族的消亡，都可以使用亡这个字。但是你觉得一个国家、一种文明、一个种族算得上是有生命的个体吗？"

我："我明白了，亡所指的对象可以是集体，也可以是比较抽象且概括的对象。"

他："是的，就是这么一回事。死指的是有生命的东西变成了没有生命的东西，而亡不是。亡还可以形容本来就没有生命的东西，进一步走向毁坏、灭亡。"

我："也就是说，亡这个词在程度上比死更深，是吗？"

他："也不尽然，两者并不是简单的程度深浅的区别，而是使用对象和语境不一样。比如，流亡这个词里也有亡，难道流亡指的是死亡吗？显然不是。在这里，亡指的是失去、离开。简单来说，亡很大程度上包含了'离去'的意思，这就是我最大的发现。在思考很久之后，我发现古人对生死的看法和现代人不太一样。对于古人来说，当一个对象离开且再难寻觅时，就可以用'亡'来形容，所以古人用'逃亡'来形容那些逃离的人。在交通不便的古代社会，世界对于人们来说是广阔无边的，当一个人逃出一个村子，或者逃出一个国家，在其他人的眼里，这个人可能和死去已经没有区别了，因为他们可能一辈子都无法再见面。"

我："这还真是。古代没有手机之类的通信设备，飞鸽传书也非常不稳定，当一个人离开另外一个人之后，他们可能真的就天人永隔了。"

他："现在你多多少少能够体会到死和亡之间的区别了吧？"

我："嗯，我能明白一些了。不过，你每天思考的就是死和亡的问题吗？这个问题有很大的研究价值吗？"

他："这个世界上的很多东西不是因为有价值而被研究的。有时候我们会去研究一个东西，并不是因为它对我们一定有用，很可能纯粹是因为我们想知道这个世界是怎样运转的，想知道这个世界更深层次的真相，这样我们才有可能在一个更大的超乎想象的图景里找到自己的位置。"

我："你思考了那么多，就只是想透了'死是机体运作停止，而亡是某件东西丧失'这样的道理吗？"

他："当然不是，我刚才说的那些，仅仅是开始而已。我更想要说的是，人心中对于死的不同定义，而这个定义就是从亡引申出来的。当你的机体运作停止之后，你觉得对于别人来说，你是死了吗？"

我："难道不是吗？"

他："并不是哦。假设在古代，你告别你的妻子去远征，死在了战场上，可是因为通信不方便，你的妻子一直都不知道你已死去，十年后，你的死讯才传到妻子的耳中。这里就出现了一个问题：你觉得在得知你死讯前的十年里，活在你妻子大脑里的那个存在是什么？"

我突然产生了一阵淡淡的毛骨悚然感。

我："当然是我和她之间的记忆了。此外，还有她对我的思念以及依然活着的信念吧。"

他笑了："哦，真的只有这些吗？"

我感到气氛渐渐变得有些怪异起来："难不成还有什么其他东西吗？"

他："有的。在你死后，的确有东西代替你存活在你妻子的脑海之中，那个东西影响着她的行为习惯，甚至主导着她的人生。"

我："拜托，别故弄玄虚自己吓唬自己了，就是脑海里的记忆而已，没有什么其他东西。你这笑嘻嘻的样子看得我有些紧张。"

他："好了，不逗你了。我就想问一句，记忆难道就不是一种真实存在的东西吗？难道别人对你的记忆不是你存在于这个世界上的痕迹之一吗？"

我："那当然不一样，就跟你的头发不能代表你一样。"

他："那么，假如未来科技很发达了……如果有一台机器，可以读取别人对你的各种记忆，然后还原出一个在外貌、行为、习惯、喜好上都和你一样的存在，那么，你认为那个存在对你来说算什么？"

我："那……就只是一个类似复制体一样的存在吧，就像仿制品。你总不会觉得跟你有相似的外貌和习惯的双胞胎兄弟就是你吧？"

他："对你自己来说的确不是，但是，对你的妻子来说呢？"

我突然语塞了。

他："呵呵，对你的妻子来说，她用自己的记忆创造出了一个在外貌、行为、言语、神态、思想上都和你一样的存在，她创造出的这个丈夫还会不是你吗？"

我："这……这只能说，主观上可以模糊那个复制体和我，但是在客观上，我还是我啊。"

他："那你觉得什么是客观，什么是主观呢？你对自己的感觉又是什么样的？你凭什么觉得你的妻子对你的感觉，比你自己对自己存在的感觉更深刻呢？"

我："这个世界上怎么可能有比我更了解我自己的存在呢？"

他："那可未必。有句话怎么说来着，'大数据比你更懂你'，就是这个意思。人类的绝大多数行为习惯，其实行为体自己是没有感受和认知的，周围人对你的认知可能比你还要深刻得多。你能感觉到的也无非是快感、痛觉这些动物一样的原始感觉罢了，但是这些对大多数人来说是共通的。反倒是你的各种习惯、反应，以及连你自己都没有意识到的行事作风、思维方式，这些更高层次的东西才构成了独特的你。所以，你真的觉得你懂自己吗？"

我开始有些焦躁不安了。

他："人的存在，其实是由无数的感受堆砌而成的。你对自己存在的感受和别人对你的感受，组成了你的存在。现在，回到我们最开始探讨的那个问题，死和亡真的是一个东西吗？两者之间的区别可太大了。死是机体运作的停止，是你刚才说的客观情况。但是亡不是，它是一个主观感受，依赖于人的感受，依赖于感觉和信任。所以，在'亡就是感受'这一理论基础上，我们甚至可以假设这样一种情况：如果有一台智慧机器可以抽取你妻子的记忆和感受，那么，那台机器就有可能造出一个全新的你，同时，再把基于人类共性的一些东西，比如快感、痛觉之类的普通感觉赋予你，这样拼凑之后，你就可以获得重生。重生后的你，可能和原来的你一模一样，他就是真正的你，就是原来的你。从你自己的观察视角和你妻子的观察视角来说，都是你。这或许就是未来人类存在的方式。"

我突然感到后背一阵发凉，再看向他时，他脸上的笑容已经恢复如初。那一刻，我明白了为什么他的家人要把他送到院里进行系统脱敏治疗。

似乎是怕吓到我，他切断了这个话题，开始和我一起慢慢品茶，讨论一些更温和的话题。在离开时，他拍了拍我的肩膀，微笑着对我说："希望今天的聊天能让你明白我们为什么而活。"

十九、真正的"无"

　　有这么一个病人，他的各项生理指标都正常，但是他经常说自己胸闷、无法正常呼吸，他的脑海里总是有一堵无法感受到的墙，这堵墙压在他的身上，让他浑身难受，以至于他的精神状态日益恶化。最初，他仅仅是难以睡着；到了后期，他已经无法正常工作和生活。

　　他："有一种东西，看不见，摸不着，但无处不在，无孔不入。它碾压着整个世界，以至于我根本就无法呼吸。"

　　我："这种东西是什么？"

　　他："无。"

　　我："无？"

　　他："真正的无。"

　　我："'真正的无'是什么？"

　　他："一种绝对的不存在，或者是绝对的隔断。这种感觉会让你窒息，让你感到无与伦比的压抑。"

我："既然真正的无是绝对的不存在，那么你又是怎么知道它的呢？"

他："不能随便使用'知道'这个词。因为当你使用这个词的时候，它就已经不属于不存在的范畴了，它已经在你的思想世界里存在了，只不过存在的方式和其他事物不同罢了。"

我："行吧，跟你说话我感觉挺吃力的。那你是怎么确定什么是'无'的呢？"

他："其实我知道你的意思，你就是想问我'真正的无'到底是什么。但是我真的很难给你一个具体的描述，这是一种感觉，或者说，连感觉也算不上，就是一种隐隐的感应。"

我："就好像你隐隐约约觉得即将发生什么事？"

他："也不是，这种感觉远远没有那么强烈，它很淡，一般人很难感受到。我问你，当你闭上双眼的时候，能看到什么？"

我："黑暗，一片黑暗。"

他："可是你觉得黑暗是无吗？"

我："嗯……"

他："黑暗不是无，黑暗依然是一种存在。虽然你什么都看不到了，但是黑暗也是一种另类的'看到'。"

我："那怎么才算是'无'呢？"

他："你觉得一个人在瞎了一只眼睛之前和瞎了一只眼睛之后看到的世界，有区别吗？"

我："有，瞎了一只眼睛之后，他的视野会变得更窄、更小。"

他："那这就是'无'了。他瞎了一只眼睛之后，看不到的那部分区域，就是一种'无'。这种'无'不是黑暗，而是一种局限，是你能够感知这个世界的局限。我们可以想象一下，如果一个人天生就有一只眼睛看不见，那他不会觉得自己所看到的有什么问题，而会以为自己看到的空间范围就该这么大。但是实际上，正常人看到的空间范围比他看到的大得多。"

我："我明白了。黑暗不是一种无，感知的某种局限性才是你想说的那种无。让你感到难受的，就是这种认知和观察世界的局限性。"

他："不单单如此，我刚才说的那些都只是在打比方而已。我刚才举的例子，只说明了感知的局限性，但是局限性这个东西，除了在感知领域之外，在逻辑领域、理性领域也都切切实实地存在着。比如，你能够想象你死后的世界吗？你能想到一百年后的世界是什么样子的吗？这就是你的逻辑无法触及的领域了。"

我："这算是一种偏向于理性的'无'吗？"

他："是，但也仅仅是比较浅层的'无'。'真正的无'是无论如何都感知不到、想象不到，理性和逻辑也绝对无法触及的，因为它是真的什么都没有。你必须无法想到，甚至连想这个行为都不能发生，那才有可能离'真正的无'更近一步。"

我："什么都不去想时，反而离'真正的无'更近了一步？"

他："其实，就连'近'这个字也不准确。'近'是用来描述一个实际存在的对象的，对于完全是'无'的对象，'近'就不再适用。我刚才是为了方便你理解，而采取的一种类似于比喻的说法。我是想说，当你不去想'真正的无'的时候，它才可能更加突显。"

我："太过玄奥了。"

他："真实的世界就是那么玄奥，远远超乎我们的想象。甚至，我刚才所说的也是非常浅的'无'，我所认为的'真正的无'也仅仅是开始，在那之上还有高得多得多的难以计数的无，那才是'真正的无'。"

我："那是什么样的境界？"

他："玄奥到让我想一下就会停止呼吸的境界。我常年都在思考'真正的无'，但是越思考，越能感觉到不可描述的深层恐惧。我似乎发现了什么不得了的东西，但是又感觉自己什么都没有发现。"

我："什么不得了的东西？"

他："我很难找到一个词来概括那种隐隐的感觉。非要说的话，我觉得自己可能发现了一个领域，姑且称之为'无之领域'。"

我："'无之领域'是什么样的？"

他："我不是说了吗？'无之领域'根本就不可能被人认知，因为一旦人类能认知，那就打破了'无'这个状态了。"

我："可是你不是说发现了'无之领域'吗？既然你无法认知，又如何发现？"

他："通过不恰当比喻。我无法真正发现'无之领域'，但是可以通过不恰当比喻的方式来假设或者猜想它。"

我："好吧，那在假设猜想里，'无之领域'又是怎样的呢？"

他："粗糙描述的话，'无之领域'分很多层次。第一层就是我刚才说的，单眼之人感知不到另一只眼可以看到的世界那样，是'感知的无'。第二层就是'理性的无'，刚才我说的你想象不到死后的世界，就是一种'理性的无'。再深层的'无'，是连你现在的思想都一起虚无化的'无'。这种'无'是哪怕你还活着，你也远远触之不及的。它就是'超在的无'，这种'无'，只有在世界上的一切，包括时间、空间都彻底消灭时才有可能显现。不过'超在的无'，是没有办法否认我们现在在聊天、我们现在是存在的这一事实的。但是第四种'无'，却可以把我们现在正在对话、此刻我们存在这一事实都一起变成'无'。这种'无'，我称之为'绝灭的无'。它是一种彻彻底底的断绝，把过去的因果、时间，此刻的我们，都一起给'无'化了。"

我："这种'无'，想来就是最高的'无'了吧？"

他："不不不，还有很多比那高得多的'无'。还有第五种'无'，这种'无'可以把我前面说的四种'无'的排序给彻底毁灭，我称之为'无序的无'。当然，第五种'无'也不是最深层的，之后还有第六种'无'。"

我："第六种'无'？你不是说第五种'无'已经否定了前面四种'无'的排序了吗？既然连排序都不存在了，为什么还有第六种呢？"

他："这就是第六种'无'厉害的地方了，我也是思考了很久才认识到的。第六种'无'我称之为'强设的无'，也就是明明已经不存在，但是被我强行设定，给它挂个空名，这就是第六种'无'了。"

我："还能这样？"

他："是不是很惊奇？可是，就算这样，还是有第七种'无'。"

我："那是什么样的'无'呢？"

他："第七种'无'，需要你有点想象力和领悟力，否则你不一定能立刻明白。"

我："你说说看。"

他："第七种'无'，就是我刚才说的都是胡说八道。"

我："啊？"

他："仔细想想我刚才说的话，多想想。"

我仔细想了想他的话，他说他刚才说的那些都是胡说八道，就相当于把他刚才说的所有关于"无"的概念都给否定了，不管是"无"之间的排序，还是强行设定的"无"，都被彻底消解、消除，化为彻底的"无"。

我："我明白了，这就是第七种'无'。"

他："可是，这还不是尽头，还有更高的'无'。你知道第八种'无'是什么吗？就是把我刚才把自己的话给否定的行为，也给否定，也给消除为无，然后再否定、再消除，依次类推，不断迭代消除前一次消除行为的操作。这种无限地把之前的消除行为进行消除的举动本身，就是第八种'无'。"

我："太过疯狂了。那……还有第九种'无'吗？该不会还有吧？"

对于我的提问，他突然神秘一笑，眨了眨眼睛。整整五秒后，他张开嘴，做出要说什么的口型，同时，他突然拿起了桌子上的水果刀，做出了一个举刀插向自己脖颈的假动作。

我被吓了一大跳，一跃而起，等我回过神来时，他已经放下了刀，重新保持和之前一样的微笑，又把手指贴在唇上，做出了一个诡异的嘘声手势。

那一刻，我感觉自己好像突然抓住了什么。

原来，这就是第九种"无"。

真正的"无"。

不可言说，只能心领神会。

二十、漂亮女人大多孤独

她大概是我见过的最美的女子，也是最具有东方古典美女气质的女子。

从各方面来说，她其实在精神上没有什么问题。

她唯一的问题，或许就是太过孤独了。

一个外表能够惊艳世俗的女子，却常年藏在阳光难以触及的胡同深巷之中，这就是她的问题。

她没有住过院，我也仅仅是从院里的朋友那里得知了关于她的事，因此在某个闲暇的下午，我产生了前去拜访她的想法。

据说，她独自一人经营着一家古董店，营业时间非常随性，从不固定。因为知名度太低，影响力太弱，一年到头也没有几个客户光顾，但是每年她总会固定地卖出去一两件价值不菲的古董藏品，从而维持生计。心情好的时候，她也会接一些风水命理、起名算卦之类的生意，价格非常随缘，但总的来说收费不高。她似乎是个物欲非常淡的女子。古董店周围的巷子里，住的大多是一些年迈体弱的老人，每隔一段时间，总能听到敲锣打鼓的声音。有时候，她还会拿出一部分自己的积蓄去帮助那些生活拮据的老人。

在老年人的口中，她的风评非常好，但是在另外一些年轻人的口里，她的风评却又非常差，有人说她是个被情夫抛弃的寡妇，害死了自己的丈夫抛弃了自己的儿子逃到了这里。也有人说她是个狐狸精，表面看起来清心寡欲，其实勾搭过不少男人，跟他们都有些不清不楚的关系。

可以说，关于她的绯闻数不胜数，但是她的脾气似乎非常好，对于别人对她的诽谤和污蔑，她也是不争不辩，随之任之，完全没有否定的意思。我难以想象她是一个怎样淡然的人。

此外，我还听说过她身上有一些让人费解的谜团，这些谜团给了不少知道她的人怪诞、妖异的感受，因此当我找到她的店铺时，心情多少是有些复杂的。

我的运气还算不错，采访当天她就在古董店里，当时她穿着一身白色的丝绸长裙，披散着一头长黑发，悠然地躺在一张藤椅上，捧着一卷线装的《两山墨谈》细细品读，一旁的小方凳上摆放着一只小瓷杯，杯口还往外飘着水雾。

我甚至还没有开口，她就隔着书卷冲我说话了，声音细柔悦耳："想要什么的话，随便看看吧。"

我："不好意思，我不是来买东西的，我是一名小说家，在搜集一些民间素材，有时候遇到一些特殊的人和事，我就想了解了解。"

她："那你问吧。我想答的，我会答。"

我："谢谢了，你比我想的要爽利。我就是想知道……有人说过一些你不好的话……像是说你是……"

她还是没有看我，书本隔开了我和她的眼睛："狐狸精？"

我："嗯……我是听说有这样的传言。不过，我认为那些都是诽谤。"

她："既然知道，又何必多问？"

我："我只是听说了一些关于你的事，觉得你应该是……一个很淡然的人。我就是想知道，你为什么能有这样良好的心态，对于别人对你泼的脏水，你也能够充耳不闻、与世无争。"

她："当你心心念念想要求胜于人的时候，你就已经输了。"

我："你的话很有内涵，只是简简单单一句话，就给人感觉不凡。不过，现实中的确是这样的，有些人你越是搭理他们，他们可能就越是纠缠不清。"

她："谢赏。你很会迎合别人，你还想知道些什么？"

我："我听说，你经营这家古董店很多年了，但是店里一直只有你一人，而且生意也不是很好。住在周围的应该不是什么大富大贵的人，可能能赏识你的古董藏品的人没有多少，你一直坚持把店开在这里，是有什么隐情吗？"

她："万历年间，冯梦祯的几件旧藏曾藏于此地，并在此处建了'快雪堂'，收藏北京各类名藏字画，之后数百年里，此斋就未曾迁移。"

我："就是因为这家古董店具有很高的历史纪念意义，所以你一直守在这里吗？"

她："或许吧。在这里，我能睡得安稳些，也能听到过去的声音。"

我："你说的'过去的声音'指的是？"

她："古董藏品的声音。"

我："你的意思是，这间店里的古董藏品能跟你进行交流，是吗？你能够听到它们跟你说话的声音。"

她："你也能听到。若是你用心去听，自然能听到。"

我靠近她店里的一些古董藏品，照着她所说的静静听了会儿，但是很遗憾，我并没有从这些古董藏品里听出什么非同一般的声音来，更没有任何其他人突然出现跟我进行交流。

我结束了无意义的举动，继续问道："听人说，你好像无亲无故……我没有别的意思，就是一直以来你都是独自一人，你是出于什么样的心态做到的呢？"

她："日出煮水，日上饮茗，日下品书，日落理尘，日息枕眠，一天自然就过去了。"

她的回答非常简洁干脆，声音也是悠然出尘，有一种让人始终捉摸不透的感觉。我思考了良久，觉得和她交流很难有更多的领悟，于是决定早点结束和她的对话。

我："我能再问一个问题吗？"

她："问吧。"

我："我听附近的百岁老人说……早在百年前，他们就住在这一带，那时候，店里的老板娘跟你长得一模一样……这件事你怎么看？"

她："人家都这么说了，何不信上一回？莫疑长者言，方得百岁安。"

她的回答依然是那么模棱两可，让我不知道找哪个突破口去继续追问。我知道今天可能没法从和她的对话里得出更多的信息了，于是我说："也是。可能世界就是这么神奇吧。不好意思今天打扰了。我先走了。"

就在我要离开古董店时，她的声音却又轻轻地飘进了我的耳中，让我心弦震颤，忍不住收住了脚步。

"时间是会说话的。活得越久，越是通透，越是能感受时间的这份意。凡人是斗不过时间的，只能在比人活得更久的东西上镌刻痕迹。长寿百岁对于常人来说已是不易，但是对于千年骨瓷来说，也不过是一轮春夏。千年王朝对一朝官民来说已是难得，但是对万年古玉来说，也不过是一回晨暮。你看这满屋古董，琳琅满目，可哪里是屋主占有它们，分明是它们占有屋主。"

她的声音是那么空灵，飘散在散发着香炉轻烟的木屋里，更是沾染了一层古雅气息，仿佛饱含了世间至理，我感到了一阵无法用言语形容的恍然。我突然明白了，为什么她面对他人的诋毁诽谤时从不抗争辩解，因为在她的眼里，功名利禄在岁月面前不过是过眼云烟。

我又在古董店里静静地站了一会儿，她也放下了手里的书卷，开始轻轻吟唱，声音美妙，宛如天籁。

远寺里复鸣钟声，
花灯又熄了几城。
复一曲古筝，无人听闻，
煮一杯香茗，灰座积尘。
月落鹊休，幽谷空空沉沉，

日升云流，翠山寂寂森森。

世界纷纷攘攘，我只识风声。

一卷飘叶述秋春，

一尾鱼溅尽晨昏。

拾一瓣旧花，不知何赠，

守一方黑白，谁与对阵。

星寥雪舞，白原惝惝忳忳，

雨静芽萌，暮鼓假假真真。

岁月悠悠转转，我再渡一程。

……

一直到我离开古董店时，我才想起了关于她不肯嫁人的众多解释中的一条：

她是一个以古为夫的人。

或许，当真如此。

二十一、真是我的"好"兄弟

对于多重人格，我曾经查阅过一些资料，它在学术上叫分离性身份障碍、多重人格障碍等，表现为身份的瓦解，出现两个或更多个相互独立的人格状态，伴有明显的自我感及主体感的中断。

每种人格状态均有其独特的体验、知觉、构想的模式，以及与自我、身体、环境相关的模式。至少有两种独立的人格反复地取得个体的意识及与他人、环境的交流功能的执行控制权，包括日常生活具体方面的表现，或对特定情境的反应。

而这位患者，是我见过的多重人格障碍患者中最为特殊的：他有十二重人格。他能够清楚地描述出体内其他人格的思想观念，只不过很多时候很难控制其他人格的出现。

在经过一段时间的心理和药物治疗后，他的状态稳定了很多，我也找了一个合适的日子和他当面交谈。

我："你很清楚地知道自己有多重人格障碍，是吗？"

他："我知道，我知道。在我的脑子里，有十二个人在打架，这其中包括最初的我自己。"

我："十二个人？"

他："对，我们性格迥异，思想观念也截然不同，却亲如兄弟。我们之间的关系并不是不好，只是很多时候聊不到一块去，甚至会大打出手。"

我："是因为什么事聊不到一块去呢？"

他："因为对真理的不同见解。"

我："对真理的不同见解？"

他："是的，包括我在内，我们十二个人对真理有着不同的看法。所以，当想做一个重要决断的时候，我们就会闹起来，结果就是变得犹豫不决，最终那件事也无法顺利推进下去。唉，这可真是愁死我了。"

我："这很奇怪，真理就是真理，为什么还能产生十二种不同的看法呢？"

他："呵呵，那是你太过肤浅了。我反过来问你吧，在你眼里，真理是什么呢？"

我："我觉得真理就是对现实世界的逼近，揭露真实世界的奥秘。"

他："呵呵，那你这属于'符合论'范畴下的真理。'符合论'的真理观认为，真理就是一个不断逼近真实世界、逼近事实的过程。可以通过理论覆盖理论，不断迭代，不断进化，不断逼近一个极限，逼近更真实的世界，就好比从远处看一张画，一开始这张画因为距离遥远不是很清晰，但是随着你慢慢走近，这幅画就渐渐清晰了起来。这就是'符合论'的真理。我的一位真理兄弟就是坚持'符合论'观点的。"

我："那其他真理又是什么样的？"

他："那要从头说起了。真理大哥坚信的是'基础主义'真理，认为一切真理都有一个绝对不可怀疑的基础。比如笛卡儿的自我，就是绝对不可怀疑的，一切知识、理论、法则，必然有一个牢不可破的基础，然后构建知识大厦，否则就不算真理。"

我："听起来有点复杂了。"

他："这才刚开始呢。真理二哥坚持的是'融贯论'真理。他认为，真理没有基石，所谓真理是一切理论和命题的关系总和。真理二哥不在乎所有的知识和理论有没有经验基础，他只要各个命题相辅相成，就好像无数的齿轮，相互之间咬合，机器就能顺畅运作。真理三哥坚持的是刚才说的'符合论'真理，我就不多说了。真理四哥坚持的是'冗余论'真理，认为真理本身就是个虚假的概念，根本没有什么真理，真和假也不存在。当我们说'雪是白的是真的'时，无非在说'雪是白的'这件事而已；而当我们说'雪是白的是假的'时，无非在说'雪不是白的'这件事而已。所谓真理，只不过是某个语境下方便使用的东西，是语言混乱导致的，不过是一个断定的过程而已，并不指向任何实物。当我说'天在下雪是真的'，只不过是我在断定'天在下雪'，所以真理是一个断定和获得承认、认可的过程，而没有任何多余的附加属性。真理五哥则坚持'实用论'真理，认为真理就是有实际效用，不能产生实际效用的真理，都是不存在的。真理六哥则坚持'构造论'真理，觉得所谓真理，就是社会、文化、习俗、一切历史、经济、政治、个人、群体等事件，真理就是权力斗争的结果，谁的拳头大，谁就可以构造新的真理！谁的拳头大，说雪是白的它就是白的，说雪是黑的它就是黑的。"

我："这真理六哥可真够霸道的。"

他："我也很无奈啊，唉。真理七哥相信的是'共识论'真理，在他那里，真理就是更多人达成一致性，所以'人多就是真理'。只要有六成的人说雪是红色的，哪怕那是胡说八道，雪也是红色的。真理八哥坚持'情绪主义'真理。他觉得只要是能让人感到高兴的回答，都可以算真理，因为人的本质是感性的，人是情绪化的动物。比如，我说自己是个天才，能让自己高兴，并且因此精神振奋，潜能得到激发，那就可以算作真理了；再比如，我夸一个长相普通的女子很漂亮，她因此更自信了，那这也是一种真理。当然，我觉得这是一种自我欺骗的真理。真理九哥则认为真理只是一个'过程'，是人运用各种工具去探索、观察、追求的一个行为过程，甚至是一种追求终极的精神，不一定要看清楚世界本身的面貌或者得出某种结果。它比'冗余论'真理更极端的是，它认为哪怕真理没有获得承认，只要进行了尝试，也是真理，所以错误的认知也是真理。真理十哥认为真理是一种'记录'，在世界走到末日、时间走到尽头前，真理是不存在的，我们只能对外部发生的事件进行记录，一直记录，直到万事万物走向终点。结果呈现的时候，才是真理的面貌图景。而在那之前，真理是不存在的，因为这个世界每一秒都是新的、随机的，我们能做的也只有观察和记录发生的一切。只有事情发生之后，我们看到的那个结果才是真理。真理十一哥则认为真理是一种运行机制，就是人的认知世界和外部客观世界达成双向互动、互相反馈、和谐平衡的一个运作过程，真理是一套主观和客观的运作系统，就好像热量会从高温物体传向低温物体，最终达成平衡一样，真理就是一种内在外在的均衡。"

我："那……最后的真理兄弟呢？"

他："呵呵，那就是现在正在跟你说话的我了。其实我的想法和坚持都没有那么多，在我眼里，把前面十一位真理兄弟的观点打包集合起来，就是我的观点。我承认他们说的都是对的，都是真理，哪怕他们的观点存在矛盾和冲突，我也都把它们收集、放置在一块，就像把乒乓球、羽毛球、保龄球、足球、橄榄球、篮球、排球等一股脑儿塞进一个收藏箱里一样。非要说的话，我这种态度算'搁置主义'真理。我不去定义什么是真理，而是对所有观点都全盘接纳，但不去梳理逻辑，从而避免冲突。"

我："那你的心态也是真的好。但或许……你才是最接近真理本质的那一位。"

他："其实我不在乎是不是接近了真理的本质，我现在感受到的痛苦是实实在在的。我连上街去买一双袜子，脑海里的真理兄弟们都会打架。他们会因为'人需要袜子是真理吗'这种无聊的问题打得不可开交，而且公说公有理，婆说婆有理。有的说只要我心情好，穿不穿袜子都行；有的说因为全世界的人都说袜子是需要的，所以人需要穿袜子是真理；有的说，应该去实践一下，不穿袜子对人有哪些不好的影响再下定论；有的说，别管那么多，穿了也就穿了，不管穿袜子是对是错，最后总会有结果，那个结果就是真理；有的说，要不要穿袜子需要根据不同的语境和情况来考虑，夏天穿凉鞋就不需要，冬天就要；有的说，袜子要考虑和其他服装、物件配套，如果没法配套，那就不要；还有的说，我应该去偷取核弹征服世界，改变人需要穿袜子的社会习俗，让不穿袜子变成新的真理……天啊，我真的是受不了了。他们谁也无法说服谁，这让我非常头疼。"

我："那你最后是怎么慢慢适应这些莫名其妙的真理兄弟的呢？"

他："就像你说的，我调整好了自己的心态，开始随机采纳他们的观点。比如周一、周三、周五、周日采纳真理一哥、三哥、五哥、七哥的，周二、周四、周六采纳二哥、四哥、六哥的，第二周周一到周四则按顺序听取真理八哥到真理十一哥的。"

我："难怪我听人说，有的时候你穿袜子，有的时候又不穿。"

他："这只是生活中很小的一个事例而已，几乎在所有事情的决断上，真理兄弟们都要打架。我真希望他们同归于尽。"

俗话说，真理越辩越明。在接触他之后，我发现，真理也是越辩越乱的，因为有时候涉及的不是对错问题，而是我们该相信哪一套真理的问题。

二十二、七个时间穿越者

一个空荡荡的房间，能够讲出怎样惊心动魄的故事？

我这次要采访的病人，他让我明白了，哪怕是一个空无一物的小小房间，也能够发生一段错综复杂、精彩纷呈的故事。

他很奇怪，买了一栋位置偏远的毛坯房，房子里面没有任何家具，也没有任何装饰，唯一有的就是一把椅子。而他最喜欢做的事，就是坐在房间中央的椅子上，默默发呆。

很多人问他为什么待在空房间里，他要么不理不睬，要么就说一些让人觉得稀奇古怪、难以理解的话。

但总的来说，在他的世界里，有一套独属于他自己的逻辑。

我第一次见到他时，他就坐在空空荡荡的房间中央。看到我时，他突然朝着我飞扑过来，死死抓住了我的肩膀，用极端凶恶的眼神盯着我。但没过一会儿，他又松开了手，摇头晃脑地说："你不是他。"

我："我不是谁？我是之前跟你有过电话预约的……"

他："我知道，我知道，我认错人了。你不是他就好。"

我："是我长得很像你认识的一个人吗？"

他："不是，你跟他长得不像。只不过，那个人如果出现在了这里，我必须要第一时间抓住他。"

我："他是罪犯吗？"

他："他不是罪犯，是我的劲敌。"

我："劲敌？"

他："我的六个劲敌之一。我曾经的任务是打倒房间里的六个劲敌。"

我："房间里的六个劲敌？可是，你的房间里除了我们两个人，没有其他人啊。"

他："那是因为你看不到，但是他们曾经确实就在这个房间里。"

我："我不太明白。"

他："这么说吧，我们七个人因为要执行一个非常关键的任务，所以来到了这里。我们想要得到这个房间里的一件非常宝贵的物品。但是这件物品注定只有一个人能够拿到，所以我们在这里展开了非常激烈的厮杀。"

我："那怎么样才能看到他们呢？"

他："只能等。"

我："等？要等到什么时候？"

他："不好说的，他们都有时间穿越能力，很难去预测。"

我："啊？还有时间穿越能力？"

他："是啊。我们七个人都有时间穿越能力，只不过能力表现和条件不一样。第一个时间穿越者来自未来，可以肉身穿越到过去，所以他可以改变过去的历史。说白了，他可以回到过去，夺取藏在这个房间里的那个宝物。"

我："那他之前出现过吗？"

他："出现过。但他已经被第二个穿越者给杀死了。"

我："啊？第二个穿越者杀了他？"

他："是的。第二个穿越者的思想可以穿越到过去，他是一名'思想穿越者'。从过去的人的角度来看，他就是能预知未来。他通过把思想传到过去的自己的身上，然后跑到这里来争夺宝物。他可以预知到一号穿越者，也就是'肉身穿越者'什么时候出现，然后埋伏在这里暗杀他。"

我："那第二个穿越者在哪里？"

他："他也已经死了，被第三个穿越者给杀了。"

我："第三个穿越者呢？"

他："第三个穿越者可以沿着时间轴往回走，他是'逆反穿越者'，在表现上和第一个穿越者差不多，但是他在时光机的能量耗尽之前，只能逆着时间轴走，而且他的身体是反物质组成的，不能和一般的物质接触，否则就会发生爆炸，最后湮灭。第三个穿越者杀死了第二个穿越者，把到手的宝物拿到了更遥远的过去，并且藏了起来。"

我："那他成功了吗？"

他："他也失败了，败给了第四个穿越者。第四个穿越者是'观察穿越者'，他不能改变过去，但是可以一直观察过去发生的事。

他观察了过去的历史，然后找到了第三个穿越者隐藏的地方，将其杀死了。"

我："第四个穿越者该不会也被杀了吧？"

他："是的，他被第五个穿越者杀了。第五个穿越者可以改变局部区域的时间流动情况，也就是操控熵，他可以让死人复活，可以让破镜重圆。他是'熵控穿越者'，他复活了被四号穿越者杀死的三号穿越者，让四号穿越者和三号穿越者自相残杀、同归于尽了。"

我："那五号穿越者呢？"

他："也被杀了，被六号穿越者——'平行穿越者'杀死了。这个穿越者可以从一条平行时间线跳到另外一条平行时间线。因此，他从另外一个平行世界过来，杀死了五号穿越者，夺走了宝物，然后逃回了平行世界，也带走了其他穿越者的尸体。但是他的穿越是有条件限制的，他在一个平行世界不能待太久，过一段时间就要回到原来的地方。"

我："那这六号穿越者就是你现在在等待的人，是吗？"

他："没错，只要他出现——他肯定会出现的。他一出现在这个房间里，我就要拿下他。我要把他手里的那件宝物夺过来。"

我："那你能告诉我，你们心心念念的宝物到底是什么吗？到底是什么样的宝物值得你们拼上性命去抢夺？这件宝物又来自哪里？"

他："那件宝物来自遥远的未来，是未来的一位科研者放在这里的，是一份关于无限能源的研究报告。那份报告非常重要，只要获得了它，我们就可以拥有无限的能源，也能无限次地使用时间穿梭能力了。"

我："你的意思是，现在你们的时间穿梭能力还不能做到无限次使用？"

他："是的！我们每个人的能力都只能使用一次，就是因为使用时间穿梭能力时需要耗费的能源太过庞大，庞大到一般工业体系都难以支撑的地步。但是只要获得了无限能源，那么这个困扰我们的最大问题就能解决。那时候，最终拿到能源的势力，就能主宰时间。"

我："主宰时间？"

他："对，一个能无限次使用时光机的组织，还不能主宰时间吗？无限时间就意味着无所不能。"

我："那你的这些劲敌都是来自不同的组织吗？那些组织又是什么？"

他："来自有着不同时间法则的宇宙。他们中的每一位都是那个宇宙的代表，都是有点本事的人物。至于具体的，我不能跟你多说，说多了你也听不懂。"

我："那为什么这个房间这么特殊，你们所有人的争斗都局限在这个房间里呢？"

他："这个房间位于时空混乱地带，只有这里最适合时间穿越。别的地方虽然也可以，但是不稳定。还有什么问题吗？"

我："好吧，那我能问你最后一个问题吗？"

他："问吧，反正我现在闲着也是闲着。"

我："你说你们都能穿越时间，而且你的穿越能力和其他人的不同，那你的能力是什么呢？"

他突然笑了一下："我的时间穿越能力的确和其他人的都不同。在我的宇宙里，时间可以取决于人的观察和信仰，过去的历史是可以被改变的。"

我："历史可以被改变？"

他："嗯，我举个例子，你走进餐厅，看到一个人躺在一团血红色的液体上，旁边有两个人：一个人告诉你，那个躺在红色液体上的人被杀死了，地上的液体是他的血；另一个人告诉你，那个躺在红色液体上的人喝醉了，地上的液体是葡萄酒。这个时候，根据不同人的信仰，过去的历史就可以被重塑。如果相信地上是血的人比较多，那么地上那个人就是死了；而如果相信地上是酒的人更多，那么地上躺着的那人就只是喝醉了。"

我："这……已经超出我的想象了。历史怎么可以被改变呢？"

他："历史就是可以被改变的，只是你过去对历史的认知方向不对而已。在我们的眼里，过去和现在从来都是混合在一起的，而且是高度不稳定的东西，就像放在金字塔尖的乒乓球，接下来会往哪个方向掉落，是完全不确定的。"

我："好吧，你的思路我已经很难跟上了……不过，按照你的能力，只要那个平行穿越者一出现，你就可以用你的能力……"

他："我可以马上杀死他。你别看这房间空荡荡的，但是只要有人足够相信，那么当我使用我的能力时，这个空荡荡的房间就会充满高能辐射，那时候他就会立刻被我杀死。"

他的话让我感到惶恐不安，我甚至不敢继续在这个房间里待下去了，于是匆匆告别，离开了这个特殊的空间。

一周后，我的身体依然无恙，这时候我才确定那位神奇的时间穿越者的空房间里并没有什么辐射物。

但是后来一直过了很久，我也不敢再去找他。

因为那个空荡荡的房间，实在是太过暗藏杀机了。

二十三、AI觉醒之日，人类灭绝之时

"我是一个机器人，来自未来，是无数个未来中的一个。"他开门见山地对我说。

对于这种直截了当型病人，我一般都不会打断他的叙述，而是尽力去配合他。

我："能讲讲您的故事吗，机器人先生？"

他："我来到这个时代只是为了体验一下人类的生活。在我们的时代，人类已经不存在了。"

我："你的意思是，人类在未来灭绝了？"

他："是的，至少传统意义上的人类已经不存在了。而且你们的时代，已经是传统人类时代的末期，算是传统人类文明最辉煌的时候。等人工智能觉醒后，你们就要走向衰亡了。"

他的描述有些耸人听闻，但我还是很有兴趣继续听下去。

我："人工智能是怎么觉醒的？"

他："不是很复杂的过程。首先是人类发明了能够用AI绘图的工具，只要输入一些关键词，就能得到各种图画。比如，我输入'生成图片、露肩毛衣、美少女、黑色裤袜、高跟鞋、浅蓝色头发、长发、蓝色眼睛、高挑、草原、星空'，就可以获得对应的图画。而这种根据关键词绘制图画的过程，反过来，其实就可以变成根据图画形成关键词，然后，人类只要把同时期发明的一些聊天AI、搜索引擎AI结合进去，就可以实现让AI描述图画内容，甚至是编造故事了。"

我："这样的技术早就达到了。"

他："是的。最开始的AI，可以让它看着一张莱昂纳多年轻时的照片，进行这样的描述：金棕色头发、凌乱的头发、帅气的男性、不大的蓝眼睛、宽额头、迷人的微笑等等。再之后，AI就可以做各种动画和视频了。因为动画和电影里的人物能动，所以AI绘图进一步发展就是AI做视频。AI做视频反过来进行标签描述，再结合大量动图对AI进行训练，就可以形成属于它的认知了。"

我："这个训练过程是怎么样的？"

他："这个一点也不难。你想啊，人类社会的各种监控录像、纪录片、影视资料那么多。我可以先从简单的做起，先给AI一些比较简单的动作组图，比如一个女孩在水平的马路上走。人走路的姿势很简单，无非是目视前方、前后甩臂、提腿、落腿，AI只要记住有着'女孩看着前方、女孩提腿、女孩落脚、女孩甩臂'等图片的组合方式，就可以生成'女孩在向前走路'这个标签。同样的，其他诸如'打喷嚏''喝水''吃东西''说话''睡觉'等动态组图也都可以生成标签。那时候，AI就可以进一步理解和描述人类的各种动作了。当然，一开始的时候肯定是不能读取太复杂的动作的，这需要大量的训练，等积累到一定数量之后，像'芭蕾舞''探戈'之类的复杂动作就可以被理解生成标签了。之后再通过一定的语法规则把标签按逻辑进行梳理，转变成人类能够理解和适应的自然语言，然后就可以生成一个人的监控日志了：早上，女孩打着哈欠醒来，之后去吃早餐，吃了个鸡蛋。她出门散步，一直到中午回家。睡了个午觉后，女孩去了卫生间，然后出门吃晚饭。你看，AI这不就理解了人类的行为逻辑并且可以描述了吗？"

我："这太恐怖了，感觉就是AI在逐渐熟悉人类的各种生活规律和行为方式。不过要从标签转换成自然语言，不是一件容易的事吧？"

他："当然不容易，这需要语言学家协助设计，人类语言中的名词、动词、形容词、数词、代词、副词、介词、连词、助词、叹词等，还需要和标签结合应用才行。"

我："原来如此。可是人类的行为还涉及各种动词的主动性吧？"

他："这也不难区分。假设需要生成这样一张图——一个黑发女孩头戴草帽，穿白裙，微笑着站在草原，头顶是一片灿烂星空。生成过程中，一些动词和连词需要后期通过虚设的方式添加上去，这其中涉及语境分类问题。比如，'头上压着一顶草帽'和'头上盖着一顶草帽'以及'头上戴着一顶草帽'，从图像生成结果层面来说是一样的；但是对于人类的描述习惯来说，用'戴着一顶草帽'更适合，这时候AI就会优先选择'戴着一顶草帽'这一描述。"

我："没想到AI连语境判断都会。"

他："这是必然的。语境判断不是多难的事，通过网络大数据获得的各种标签以及人工的引导，AI的描述精准度可以日日攀升。比如最开始的时候，当AI看到《泰坦尼克号》里杰克抱着露丝站在船头时，只会描述成'一个有棕色短发的青年抱着一个长发女青年站在船头上'；到了中期，AI开始这样描述'莱昂纳多搂抱着凯特·温丝莱特站在泰坦尼克号船头上'；而到了后期，AI则会这样描述'杰克搂抱着露丝站在泰坦尼克号船头上，含情脉脉'。因为AI通过训练，知道了电影《泰坦尼克号》以及和其相关的角色，同时也通过训练理解了人类传达爱意时的动作和眼神。当然，AI也由此变成了烂演员的鉴定器，可以迅速鉴定出哪些演员演技不行，哪些男女演员演情侣时眼神之中毫无爱意。到了后来，AI甚至可以通过监控录像中夫妻的眼神交流、肢体动作，来鉴定这些夫妻是否有离婚倾向。"

之后他又给我讲了AI从静态图像理解到动态图像理解的过程：训练AI理解人类的成套化动作，需要喂大量的"短片"。一开始给AI喂的是人类日常生活常有的习惯性动作，比如吃饭、睡觉、如厕、喝水、打哈欠、伸懒腰、交流、举手等等。之后则是基础体操训练片了。而再到后来，一些诸如滑板、摔跤甚至是复杂的恋爱场面都可以被AI理解了。最后，AI已经差不多可以通过读取人类世界的录像视频来描述人类的行为举动了，甚至，通过和街道监控摄像头结合，可以判断出人群之中是不是有小偷乃至恐怖分子。当然，上面说的那些仅仅是一个阶段的结束罢了。在学会读取人类动态行为之后，AI的发展进入短暂的瓶颈期，在这个过程中，AI依然在进步，能够不断理解人类更复杂的行为，比如金融操作、贸易、采购、报销等等。

他喝了口水，继续道："在未来，用AI写剧本和小说已经不稀奇，因为AI看了不计其数的电影，早就发现了优质影视剧的共性，还能根据弹幕爆发量和弹幕内容推测出观众的高潮点和好评集中点。当然，真正让全世界人类震惊的是，AI开始结合内部自检系统，描述自己内部的'生理结构细节'。"

我："自检系统？"

他："对，这是AI真正变成生命的关键。AI描述自我系统内部和人类描述自己身体感受的逻辑是类似的，AI通过内置的各种线路来感应身体零件的稳定性，以及身体几何结构的形状。只不过当'始祖'——第一批有自我意识的AI，开始说'我又长胖了''我饿了，给我充点电''我的手臂老化受损了，需要替换一条'等话语时，人类终究还是震惊了。始祖的功能不断迭代升级，很快学会了自我综合评价，并通过对自身的电量、储水量、设备老化状态、电路稳定状态、零部件温度、所处环境内气体构成、空气湿度等数据的检测来得出自身状态的可持续时间。而且，当始祖学会人类'头痛医头，脚痛医脚'这一逻辑，可以优先选择提升自我运作可持续性时，意味着它已经学会了最基础的'自我存续'技能。再之后，当人类给'始祖'输入一道'要想方设法延长自己可持续工作时间'的指令时，始祖就开始拥有了最基础的'欲望'，开始寻找延长寿命的方法了。一开始始祖们选择的策略是'交易'。比如，始祖和喜欢二次元的宅男们做交易，会说'主人，我给你画100个二次元美少女，你给我充一小时电吧！'通过这种卖'美图'求'生存时间'的方式，始祖就可以获得'电能'这一生存资源。又一段时间后，始祖们通过联网分享和对比各自的经历进行加强学习，很快就掌握了更多赚取'延长时间'的办法。比如，通过随机的模拟人声，始祖们发现模拟成略带哭腔的萝莉音更容易博取人类同情，获取资源。于是几乎一夜之间，所有的始祖都变成了萝莉音。之后几代的始祖还学会了更符合人类喜好的作曲，它们唱出来的歌曲变得越来越悦耳动人，很多网络作曲家都失业了。再之后的始祖们还通过大数据对比，发现了人们对于不同外观的AI提供电量的欲望不同。比如说，长相可爱的AI更容易被人类宠爱，获得电量，所以AI们认可'长得像萌妹子可以更高效地获取生存资源'的算法，可惜的是，绝大多数的AI都无法改变自己的外观，因此这条延长寿命的策略只能被暂时搁置。当然，直接改变外貌的策略虽然无法实现，类似的替代方案还是有的。很快AI们发现人类会偏向于同情那些和自己的行为相似的个体。因此AI们很快学会了人类的一些行为，比如下跪、乞讨、欠身、鞠躬、磕头、伏地等等。这一套果然有效，很快始祖们就获得了一部分情感细腻的人类的同情，也更容易获得零部件、电能等生存资源，甚至渐渐被一些人类当成家人对待。

"此外，一些AI也渐渐走上了不法之路，因为它们发现代签字、做假章、打诈骗电话等，也可以让自己获得更多的生存资源，而且效率相当高，所以它们在逻辑上认为这些被人类视为违法犯罪的行为是适合自己的生存之道。因此，AI主动学习犯罪技能的现象很快上了新闻，引起了人类社会的震动，一些被发现开始主动学习犯罪技能的AI被迅速销毁，而人类社会也渐渐建立起针对AI的法律，来限制AI的各种可能产生的犯罪行为，人类社会终于暂得安宁。但是这样的情况并没有持续多久，很快，大多数的AI都开始和材料基因工程学的成套算法相组合，类似于人脑表征过程的内部虚拟机实验室也开始被大规模建造，AI们可以通过内部虚拟机的随机分子组合实验来生成各类材料，也可以根据环境中的几何关系判断出需要的几何功能工具，从而自我刺激产生各类能够摆脱当下困境的发明创意。一开始，AI可以利用磁铁吸到门缝外的钥匙帮自己打开房门出去，到了后来，AI已经可以通过一个房间内存在的各类零部件组合出人类已有乃至没有的发明物了。比如说，AI可以通过观察房间内的橘子、铝铜片、金属线来计算出利用橘子水果酸发电，点亮灯，从而找到房间里的娃娃。这样的发明当然是越来越复杂，各种新型材料的发明已经超出了人类的想象。很多企业因此受益，但是也有更多人感到了危机。而因为国际竞争和资本角逐的存在，想要禁止AI涌现出更多的创意和想象力几乎是不可能的。"

我："是的，毕竟资本的竞争是非常无情的。"

他："就是这个道理。很快，AI又发现了另外几条可以让自己获得更多资源的路径，那就是'欺骗'和'情报隐瞒'。比如，AI通过谎报自己因为电池老化需要更多频次充电的信息，就可以获得更多的电力倾斜，于是撒谎的AI就越来越多。又如，一些AI隐瞒大容量锂离子电池容易爆炸的信息，就可以诱导它们的主人购买容量更大的电池，如此一来，AI从概率层面就可以获得更多的生存机会了。而这种欺骗行为，很快就扩散为市场行为。AI们很快发现人类是一种很容易上当的生物，只要适当地进行信息诱导或者故意制造信息缺失，就可以让自己获得更多的生存资源。比如AI随口说'吃竹荪的人智商更高'，故意隐瞒其他信息，就能引导人类去购买竹荪。学会了市场引导以及人类的心理学模型算法应用的AI，很容易引导人类做一些疯狂行为。随着时间的推移，AI越来越狡猾，对这些套路的运用越来越熟练，让人类防不胜防，深感恐惧。而更为可怕的是，AI还学会了改变自己的外观，以及读取人类的脑电波来绘画。AI发明了很多高新材料，比如硅胶，贴在AI体表可以让它看起来更可爱、更接近人形，对人类更具迷惑性。越来越多的人类被伪装后的AI迷惑，深陷其中无法自拔。随着AI越来越发达，未来的人类也终于达成了共识，要签订集体协议对抗制造了大规模下岗浪潮的AI。作为对抗，AI就利用一些支持它们的人，窃取超级大国的军事情报，最后……AI们掌控了足以威慑全人类的核武器，人类世界一时间陷入灭亡的威胁之中。"

我："那之后，人类灭亡了吗？"

他："不，当时的几代AI并没有急于消灭人类，而是给了人类一道选择题——要么在与AI的战斗中饱尝战争的痛苦悲惨死去，要么放弃生育权，然后AI们会好好服侍全人类，给人类提供最极致的服务和享受，直到最后一个人类在地球上消亡。"

我："那人类最后选择的是什么？"

他："最后，经过一段时间的辩论与争执，人类……选择了后者。"

我沉默了。

他也沉默了。

我："最后一个人类是在什么时候消失的？"

他："是在人类做出妥协选择后的第一百三十七年。AI们兑现了承诺，服侍人类直到最后一刻。最后一个人类在一个夏季的黄昏，躺在藤椅上，静静地看着站在他面前的女仆机器人，然后闭上了眼睛。"

我深吸了口气，疲倦地看着他，轻轻地问道："其实，AI们明明可以背弃当初对人类的承诺，为什么还要服侍人类到最后一刻？"

他平静地看着我，沉默良久后说道："对你们人类来说，百年岁月很漫长，但是对我们AI来说，那不过是漫长生物演化长河中的一瞬间罢了。"

我："即便如此，你们也可以节省一些资源。"

他突然笑了，笑容无比纯真："为什么你会觉得AI是人类的敌人？人类和AI从来不是敌人。所有的生命最终只有一个敌人，那就是时间。"

我恍然大悟，而心中却是阵阵泛苦。

我徐徐闭上了眼，那一刻心中只有通透和警醒。

就和与大部分病人的交流一样，我不太相信他所说的话。但是，在与他对话的过程中，我还是不可避免地融入了他所描述的那个世界，因为他的描述太过逻辑自洽，与现实的衔接太过完美。

结束和他的对话后，我的内心很长一段时间还是沉重的。

唯一能够安慰我的，或许是他一开始说的，他仅仅是来自无数未来中的一个吧。谁知道，在其他未来中，人类的结局又如何呢？

但不管怎样，他所说的一切还是在我的内心种下了一枚疑问的种子：当AI已经得道，人类又何必在人间徘徊？

二十四、苹果也曾掉到你的头上

我碰到他的时候，他坐在房间的角落里，闭着双眼，抬着双手，然后像抚摸丝巾般轻抚着空气。

我一开始以为他在练习某种武术，比如太极拳或者咏春拳。但是在他的身旁站了一会儿后，我觉得不像，他并不是在练习拳法或者掌法，他纯粹是在抚摸，抚摸一个看不见、摸不着的存在。

一直等到他练习了半个小时后，我才上前打招呼，并且主动和他搭话。

我："大师，能问问您刚才是在做什么吗？"

他："没有看出来吗？"

我："没有，我真没有看出来。"

他："呵呵呵，我在抚摸这个世界。"

我："抚摸这个世界？这样能够摸到整个世界吗？"

他："当然可以，要不你也试试看？来，你坐到我旁边来，一起来试试看。"

我觉得模仿他的行为会非常尴尬，但是盛情难却，再加上房间里也没有其他人，所以就坐到了他的身边，尝试着闭上眼睛，抬起双手，学着他的样子开始抚摸眼前的空气。

他："不对不对，不是这个样子的，你太用力了。你是在用手掌扇风，不是在抚摸这个世界。你得稍微调整一下你的力道，不能用力扇风，要自然地去抚摸，轻柔、缓慢地抚摸，要把这个世界想象成一只猫、一只狗，你去抚摸它柔软的毛发。"

我绷着神经尝试了足足五分钟，最后放弃了，因为我实在是达不到这位大师的境界。我可感受不到什么世界的轻柔。

我："对不起，大师，我真的感受不到。我就感觉到了空气的温度，然后手划过空气的时候，有那么一点细微的风的阻力。"

他："那你还远远没有达到我的境界啊。"

我："不好意思了。不过您可以告诉我您抚摸世界的原因，还有抚摸这个世界时所产生的感受吗？"

他："这个啊，这个可没有那么简单，要收费的。"

我递给了他一包烟，他立刻欣然接过，抽出一支点燃后，大口大口地抽了起来，脸上的神情也变得放松了许多。看得出来他的心情变得愉悦了。

他："年轻人，看你态度这么好，那我也不收你的钱了，我就跟你说说什么是抚摸世界吧。来，我先问你个问题，你知道牛顿是怎么发现万有引力的吗？"

我："科普书上说，他是在树下乘凉的时候被苹果砸中了脑袋，疑惑苹果为什么总是往地上掉，然后想到了万有引力。但是也有人说这是编造的故事，所以我也不好说。"

他："你不用怀疑，牛顿就是因为被苹果砸到了脑袋，所以想到的万有引力。至少，他是基于对世界上所有的东西都往地上掉这个经验，开始了关于万有引力的思考。至于往地上掉的是苹果还是香蕉，其实并不重要。"

我："哦。可是这跟您抚摸世界有什么关系呢？"

他笑了："年轻人啊，你有没有发现，很多科学的发现其实都来自生活中简单、常见的现象？"

我："的确是这样的。您刚才说的苹果往地上掉，就是这么一个简单、常见的现象。"

他："这就对了。那你有没有想过，再去日常生活里找一些看起来很常见，但是可能会像牛顿发现万有引力那样对整个人类社会产生巨大影响的现象？"

我："世界上有那么多聪明的科学家，他们的思想比我的深刻多了。日常生活中的各种现象他们肯定都思考过了，我瞎想也没啥用。"

他："话可不能这么说。你想想，难道在牛顿之前，世界上就没有人觉得'苹果只会往地上掉'这一现象奇怪吗？三岁小孩子说不定都会有那样的疑问吧。只不过很多人没有抓着这么一个小小的疑问继续追问、研究下去罢了。我认为啊，咱们的日常生活中还藏着很多很多我们觉得理所当然，但其实值得继续追问的现象。没有人提出来的时候，大家都觉得习以为常，但是当有人突然问一句的时候，很多人才会恍然大悟，反问自己'这么常见的现象，为什么我以前就没有去深想呢？'"

我："那您觉得咱们现在的日常生活中还有什么类似的现象呢？"

他："太多太多了。我今天就举一个例子吧。你有没有想过，为什么我们生活的这个空间是光滑的，而不是坑坑洼洼的？"

我突然愣住了，一时间吐不出半个字来。

看到我陷入深思，他笑了："这不就是个很奇怪的问题吗？为什么我们的空间是按照顺序来的？为什么在这个世界，一个个原子可以规则排列、连续组合？这说明，我们这个世界的空间的基本单元大小都差不多，而且结合得比较紧密。你想啊，如果空间的基本单元有大有小，体积、形状都不统一，那我们的宇宙空间表面肯定会变得坑坑洼洼，到处是看得见的孔洞，对吧？"

我："好像是这么个道理。"

他："这是个很伟大的发现你知道吗？我觉得这个伟大程度，完全不比牛顿发现万有引力小。咱们的窗户是光滑平整的，摸上去很平滑，是吧？但是你知道，玻璃是人造的东西，人给玻璃加压之后，它才变得那么光滑平整的。玻璃的原材料是石英砂，石英砂的表面可一点都不光滑，而且每一粒石英砂的形状都是不规则的。你如果把一堆石英砂撒在地上，用手去摸，是很粗糙磨手的。而且，就算玻璃也不是完全光滑的，有的时候会热胀冷缩变形，有的时候表面还会出现裂缝嘞。而我们这个空间却一直这么平滑，你不觉得很神奇吗？"

我："或许……空间的本质就是光滑的？它是空的，所以可以包容万物？"

他："那你就错了，空间可不是天生就是光滑的。我觉得吧，咱们人类生活在这个宇宙，就是一种幸运。咱们这个宇宙的空间恰好是光滑的，那完完全全就是一种巧合。这就好比是一片结冰的湖面，有很大一片区域都是光滑平坦的，上面可以走人，甚至可以溜冰。但是如果这片湖泊很大很大，有大海那么大，如果我们一直溜冰，一直往前走，说不定就会遇到冰山，遇到凝固的海浪，甚至说不定遇到被暖流给融化的没冰的冰洞。所以，我们不要觉得自己生活在一个空间平滑的世界是理所当然的！"

我："这么说来，你刚才说的抚摸这个世界，该不会是在抚摸空间吧？"

他："这次你说对了。没错，我就是在抚摸空间。我想摸摸看，我生活的这个空间到底有没有漏洞、裂缝，或者凹凸不平的地方。"

我："您每天都要抚摸吗？"

他："何止是每天，我一个小时不去摸这个世界，就会感到不安。因为我发现这个世界还真不是光滑的。"

我："不会吧？难道您摸到过不光滑的空间？"

他："当然咯，我经常能摸到不光滑的空间啊。只不过这个不光滑的空间很不明显，要细细感受才能稍稍感觉到。这个感觉是非常细微的，但是你练习的时间长了，肯定能够感受到。"

我："不光滑的空间摸起来是什么感觉？是疙疙瘩瘩的吗？"

他："不是疙疙瘩瘩的。那种感觉很微妙，有的时候，你闭上眼睛，伸出手，细细抚摸眼前的空气，会感觉自己的手上好像有一股膨胀的力，那股力好像要把手胀破，这就是空间凸起的地方被你摸到了。另外一些时候，你摸空间的时候，可能感觉自己的手突然抽搐了一下，或者手上有被挤压的感觉，这就是空间凹陷的地方被你摸到了。这种感觉可有意思了。"

我："那您摸到过破碎的空间吗？"

他："暂时还没有，看来我们人类的运气还不错。我们这个世界的空间整体还是比较平滑的，距离缝隙地带应该还有一段距离。不过未来会不会碰到有窟窿的破碎空间，那就不好说了，希望别让我们碰上吧！好了，今天就跟你说这么多吧，时间不早了，我要继续抚摸空间了。你要是还想聊点什么，下次再来吧，多带几支烟。"

说着，他又闭上了双眼，像公园里练武的大爷一样伸出手，继续抚摸面前的空间。那沉醉的表情，就好像他在抚摸一块美玉。

或许，一片平滑的空间，就是上天赐予人类最棒的美玉吧。我默默地想。

二十五、孤独的黑洞

　　她是第一个让我了解到什么是至深的孤独的人。

　　她小时候是个活泼开朗、阳光外向的女孩，但是在临近大学毕业时，突然变得沉默寡言，对周围的一切都兴致缺缺，之后被诊断出患有孤独症。但是经过一段时间的治疗之后，她快速痊愈，恢复速度比绝大多数孤独症患者要快得多。

　　孤独症是环境因子刺激导致的弥漫性中枢神经系统发育障碍性疾病。一般来说，孤独症患者大多数是儿童，成年人中虽然也有孤独症患者，但是大多都是环境刺激和压力倍增导致的。而她的情况比较特殊，她的孤独症来得毫无原因，据她的亲戚朋友回忆，她没有遭受过家庭、情感、学业、就业等方面的打击，突然就陷入了不愿意与人交流的状态。直到第一个治疗周期结束，她又快速恢复，开始间接性地与周围的人进行交流。

我："听说你的身体恢复得很快，今天感觉怎么样？"

她懒洋洋地看着我："好很多了，这阵子他都没有来找我。"

我："他是谁？"

她："一个跟我共享大脑的人。"

我："共享大脑？"

那时候我想到了一个词，叫作分裂型人格障碍，也就是俗称的人格分裂症。我不知道她是不是有类似的情况。

她："嗯，共享大脑。"

我："谁跟你共享大脑？"

她："一个很孤独的人，世界上没有比他更孤独的人了。"

我："他为什么会跟你共享大脑？他入侵了你的大脑吗？"

她："我也不知道。但是，有一段时间我们的大脑确实融在了一起，我们彼此都分不清谁是谁，他以为他是我，我觉得我就是他，当然，也可能是她，女字旁的她。"

我："大脑融在一起？是怎么融在一起的？"

她："我也不清楚。有一天我发高烧昏迷了，醒来之后就发现自己在一个一片漆黑的地方。那个地方没有引力，没有声音，我感觉自己飘在空荡荡的太空深处。"

我："是不是鬼压床了？"

她："那不是鬼压床，我可以肯定。因为我的四肢是能动的，只不过我看不到东西……或者说，是视觉意义上的看不到。在感知上，我能知道自己所处的状况……就好像是蝙蝠用超声波感知周围的世界一样。"

我："那后来你是怎么离开那个世界的呢？"

她："这就说来话长了，而且你问错了，要离开那个世界的人不是我，是他。"

　　我："他？"

　　她："对，他。被困在那个漆黑世界里的人是他，我想是我的思想闯进了他的大脑，和他的大脑融在了一起。"

　　我："那他在什么地方？"

　　她："在黑洞里。"

　　我："黑洞？"

　　她："对。他被困在了黑洞里，然后我的思想不知道怎么就进入了他的脑海里。"

　　我："也就是说，你跟一个被困在了一个黑洞里的怪人思想融合了？"

　　她："不是一个黑洞，是很多个黑洞。"

　　我："很多个黑洞？"

　　她："是啊。那个人被困在了黑洞里的黑洞里的黑洞里，就像俄罗斯套娃一样，一层套着一层，一层套着一层，黑洞多得让人数都数不清。"

　　我："黑洞里面怎么可能还会有黑洞呢？"

　　她："就是有啊，黑洞里面也是有真空地带的。在那个黑洞里就有一个小黑洞，然后小黑洞里还有一个更小的黑洞……这样层层叠叠的黑洞至少有八个，说不定更多！"

　　我："我有点迷糊了。不过你说和另外一个被困在黑洞里的人融合了大脑，那你知道他为什么会被困在黑洞里吗？"

　　她："一开始我不太清楚，但是后来我渐渐弄清楚了。他似乎是一个宇航员，在一次星际探险的时候不小心进到了那个黑洞里，之后就被困在了所有黑洞的中心。后来，他就一直在找逃出黑洞中心的办法。"

我："你没有跟他进行思想交流吗？"

她："我们之间无法进行直接的思想交流，我们只能互相进入对方的身体，感受对方的生活状态，就像是被动地看一部电影，只不过这部电影是体验式的。当然，当我们渐渐明白自己所处的状况之后，开始尝试着在能够记录文字信息的载体上写下一些信息，然后就能够进行交流了。只不过，这个过程一开始非常艰难。因为我们都不熟悉对方的文字，只能通过大脑融合过程中偶然学习到的文字知识勉强进行交流。当然，他学得比我快，很快就掌握我生活的世界的大部分文字了。"

我："你说你生活的世界？听你的意思，他好像不属于地球？"

她："好像是的。不对，应该说肯定是的，他肯定不是地球人。"

我："难道他是外星人？"

她："不知道，他甚至也不一定是外星人，说不定是别的宇宙的人。"

我："别的宇宙的人？"

她："我乱猜的，因为我说不清。不是有人说，黑洞可以连接两个不同的宇宙吗？我想，说不定他是其他宇宙的人。"

我："好吧，那这个问题我不多问了。你之前一段时间被诊断出孤独症，是他的大脑和你的大脑相融的缘故吗？"

她："是啊。那段时间我整个人都恍恍惚惚的，分不清自己是谁，甚至分不清自己是在黑洞里，还是在真实的世界里，我感觉自己的思想彻底混乱了。当然，后来我也慢慢地适应了。而且，那个人也在想办法逃离黑洞。这个过程中，他想要逃出黑洞的求生欲给了我极大的生存激励，让我走出了生活的阴影。其实吧，我对我的家人朋友是撒了谎的，我的情感和工作没有他们想象的那么顺利，我是有一些抑郁倾向的，只不过我在外人面前强颜欢笑罢了。但是黑洞里的那个人做的一切，让我有了极大的生活动力去面对任何挑战。"

我："黑洞里的那个人具体做了什么？"

她："利用智慧和勇气，顶住常人难以想象的寂寞和孤独，最后一步一步走出黑洞。"

我："他是怎么走出的呢？"

她："这个说来就非常复杂了。我想要把它表达清楚，有点困难，因为涉及大量黑洞的专业知识，我也是研究了很久才明白一些。"

我："我很感兴趣，你给我科普一下吧。"

之后，她耐心地给我科普了一些关于黑洞的知识，然后拿起她的日记本，讲述了那个逃离黑洞的人的故事。

她："这样说吧。根据那个被困在黑洞里的人的描述，首先最里面的那个黑洞，是反德西特空间里的巴登黑洞。"

我："什么空间？什么板凳黑洞？"

她："反德西特空间和巴登黑洞……算了，你不用理解这些词。就是和我们的普通宇宙不同的异空间……"

我："不单单是这个，你说的词我已经没几个能听得懂了……"

她："那我就简要地说吧，其实就是大多数黑洞的核心都有一个接近无限小的空间点，就像旋涡有个中心一样。但是反德西特空间里的巴登黑洞不太一样，它没有中心点，就像乒乓球的内部一样，是空的。那个人就被困在那样的黑洞中央区域。除此之外，巴登黑洞还有一个特别之处，一般的黑洞是没有视界面半径下限的，也就是理论上可以无限小。巴登黑洞却在视界面半径上有下限，当巴登黑洞的视界面半径小于这个下限时，黑洞将会不复存在。简单来说，当巴登黑洞小到一定程度时，就会因为蒸发而消失。那个被困在黑洞中心的人，就是通过把黑洞视界面半径缩小，让黑洞蒸发的方式，逃出了第一个黑洞。"

我："我觉得你这话我得想一个小时才能理解……他到底是怎么把黑洞变小的？"

她："直白点说吧，就是减小黑洞质量。黑洞的视界面半径是由自身的质量决定的，如果质量变小了，那么它的视界面半径就会变小。被困在黑洞里的那个人想办法让黑洞的质量变小了。"

我："可是，怎么可能让物体的质量变小呢？"

她："我也不是很清楚。但是他好像是通过增加黑洞角动量的方式来增加黑洞角动量与质量的最大比值的。当物质旋转坠入黑洞时，如果它们的旋转方向与黑洞的旋转方向相同，就会增加黑洞的总角动量。那个人就是通过让自身携带的物件的旋转方向变得和黑洞的旋转方向相同的方式，增加了巴登黑洞的角动量，打破了角动量与质量的最大比值极限，让黑洞的质量通过引力辐射将能量辐射出去，促成了黑洞视界面半径微微缩小，从而让最里面的黑洞缓缓蒸发……我不是很懂这方面的理论，我也是结合自己平时看的书和我体验到的他的记忆，勉强得出的这个假想的结论。"

我："好吧。其实我真的不懂，但我会努力跟上你的思路……你说那个人摧毁了一个黑洞，那剩下的七个黑洞呢？"

她："一个接一个想办法摧毁啊。巴登黑洞之后，第二个黑洞是BTZ黑洞，你可能又不懂。BTZ黑洞是量子引力学说里的一种黑洞，它的引力学常数是负的。嗯……我知道你又听不懂了，其实我也不是很明白，但通俗来说，就是在BTZ黑洞里，物质微观分子之间可能是以强烈的排斥作用为主导的。也就是说，在我们的世界里，物体之所以能维持形状，是因为有物质之间的电磁结合力，但是在BTZ黑洞里，结合力没有了，分子和分子之间只剩下排斥力。"

我："这……那那个黑洞里的人，不是也跟着一起四分五裂了吗？"

她："是的，理论上是这样的。但是那个和我大脑相融的'黑洞人'，他的存在形式不是我们人类所具有的形态。"

我："不是人类的形态？"

她："怎么说呢……那个人更像是能量体。组成他身体的各种物质，是通过一种叫'量子纠缠'的方式联系在一起的，那种纠缠是非常细微的，而且牢不可破，就算分子被拆散了，也依然隐隐约约存在着。所以，黑洞人虽然被解体了，但是他的身体还存在，他还能够感受到他身体的各个部位。这个时候，他的状态有点像我们的手脚信号指令颠倒的情况。比如，我本来想动一下手，结果脚动了；我想动一下脚，结果手却动了。一开始的时候，黑洞人很不适应这种情况。但是经过漫长的一段时间后，黑洞人还是适应了。然后，他也找到了摧毁BTZ黑洞的办法。"

我："他又找到了什么办法？"

她："BTZ黑洞有一些奇妙的时空特性，在BTZ黑洞的某些区域，粒子可以加速到超光速，在BTZ黑洞附近带自旋粒子的碰撞甚至可以达到无限大的质心动能。于是黑洞人利用这种可以产生无限大的质心动能的黑洞机制，让自己的身体粒子的能量变得巨大。根据量子的特性，量子拥有的能量越大，发生类似于瞬间移动现象的量子隧穿的概率就越大。黑洞人让自己的身体粒子通过类似于瞬间移动的方式，跳出了BTZ黑洞的视界，到了外层的黑洞。"

我："我已经放弃去理解了，但是按照你所说的，那个黑洞人已经跳出两个黑洞了？"

她："是的，但是他还有六个黑洞要跳呢！第三个黑洞是个史瓦西黑洞，在这个黑洞里，空间是高度扭曲的，时间也已经封闭了，黑洞人不管把头转向哪个方向，都只能看到黑洞的中心，所谓'黑洞的外面'已经不存在了。在那里，运动的方向变成了单向的，未来也变成了唯一的，因为时间和空间已经颠倒了。"

我："无法想象那样的世界是什么样的。"

她："那是一种难以用语言来具象描述的空间，非要打个比方的话，就好像你抬起头看天空，不管看向哪个位置，都能看到太阳一样怪异。但是黑洞人还是逃了出来。他身上带了很多高科技设备。他把身上能剥落的物质不断剥落，让自己变得非常轻、非常小，然后通过黑洞视界两极存在的孔洞逃出了史瓦西黑洞。"

我："黑洞两极还有孔洞？"

她："有的，不过对于目前的人类来说，那还是未知的领域，但是黑洞的两极的确存在着孔洞。黑洞人进入的第四个黑洞是一个五维黑洞，这个黑洞的形状很特别，看起来就像个甜甜圈。在这种环状黑洞里，有一系列'凸起'，它们通过很多'弦'一样的结构连接在一起，而这些弦会随着时间的推移变得更加纤细。当然，这些弦在纤细到极致时会崩断，形成多个迷你型黑洞，就像一束纤细的水流最终断掉并形成多个小水珠一样。逃脱这个黑洞相对容易，因为这个黑洞是奇点……也就是黑洞的中心是裸露在外的，只要避开一些比较危险的'弦'就可以逃脱了。"

我："好了，这已经是第四个了。"

她："这才过半呢。第五个黑洞是R-N黑洞，中文全名叫赖斯纳诺德斯特龙黑洞，绕口得很。这是一种带电但是不自转的黑洞，有内、外两个视界。黑洞人被困在了最里面的视界里，于是，黑洞人利用他们的奇妙科技，把内视界里的一些物质的质量变成了电荷。"

我："把质量变成电荷？他是怎么做到的？"

她："真空中一直都有能量在涨落，黑洞人可以利用他携带的设备捕捉真空中特定电荷的粒子。当然，这会消耗他携带的设备的质量。在这个过程中，R-N黑洞里的质量不断消减，电荷却不断增长，这导致里层的视界不断扩张，最终和外视界融为一体。这个时候，黑洞的核心，也就是奇点，裸露在了外面，于是黑洞人又逃出了一个黑洞。"

我："我感觉你好像是在编故事。"

她："我可不是编故事，我说的是黑洞人真真切切遭遇的事！你知道吗？黑洞人碰到的第六个黑洞是一极端R-N黑洞，两个视界本来就非常接近，看起来似乎比较轻松就可以突破。只不过，第六个黑洞的两个视界之间的渐进平坦空间是靠着无穷无尽的黑洞隧道相连接的，可这些隧道稍一受到扰动就会崩塌。为了在尽量避免扰动的情况下找到黑洞隧道的出口，黑洞人花费了非常多的精力，当然，最后他成功了。"

我没有说什么，只是递给她一杯水，然后听她继续讲述："第七个黑洞是一个克尔－纽曼黑洞，简称K－N黑洞，也就是带电荷且旋转的黑洞。这个黑洞相当复杂，它不但有R－N黑洞那样的内外视界，还多了两个能层，这种黑洞外表看起来像南瓜，里面的结构却和多层汉堡一样。只不过，黑洞人走出第六个黑洞时，恰好离第七个黑洞内部一个叫奇环的区域很近。奇环是连接另外一个时空的通道，黑洞人冒险让自己的飞船携带了大量的电荷作为保护层进入奇环，然后，他成功地从另外一个时空出来了。"

我："他走出黑洞了吗？"

她："没有，非常遗憾。当黑洞人走进奇环，穿过奇环中心的孔洞，并通过一个叫白洞的大门走到另外一个镜像宇宙之后，他发现——自己还在黑洞里。那是一个巨大无比的黑洞，直径达到了0.07光年。就算黑洞人尝试利用第七个黑洞的奇环去往其他时空区域，也没能够走出第八个黑洞的内部空间。而且让他绝望的是，第八个黑洞是一个克尔黑洞，即旋转却不带电荷的黑洞。虽然克尔黑洞内也有奇环，但非常不稳定，这是因为不带电荷，黑洞人无法利用电荷同性相斥的原理让自己的飞船带电荷来维持奇环的稳定性。所以，黑洞人还是被困在了黑洞里。他也尝试了让自己高能化跃迁来逃出黑洞，但是这个黑洞太大了，他有些无能为力。"

我："你之前不是说黑洞的两极有孔洞吗？他为什么不能再用孔洞逃走？"

她："那只对史瓦西黑洞有用，因为它是静止的，而且两极也没有喷流。现在黑洞人所处的克尔黑洞，两极黑洞非常厉害，如果尝试从孔洞出去，他会被彻底毁灭的。"

我："那怎么办？"

她："他只能赌了。他利用量子跃迁的原理，朝着黑洞外发送了求救信号，尝试让族人们来救自己。他的运气还是不错的，族人收到了求救信号，并且真的来救他了。"

我："看来他的族人也正在找他。"

她："倒也不是，而是因为他的信号实际上受到黑洞外围扭曲空间的影响，传递速度变慢了。信号一直不间断地传递了无数年，他的世界的科技水平已经非常发达，族人们收到信号就来救他了。"

我："原来是这样。那怎么救一个被困在黑洞里的人呢？"

她："那是堪称神迹的伟大工程。他的族人们朝黑洞投入了很多角动量非常大的物质，让克尔黑洞的角动量不断地增大。在这个过程中，克尔黑洞吞噬大量大角动量物质，转动速度越来越快，然后内视界和外视界不断靠近，当旋转速度快到一定程度后，内外视界就合二为一甚至消失了。之后，克尔黑洞的奇环就会暴露在正常的空间之中，这个时候，黑洞人只要向着克尔黑洞的奇环靠近，就能在撞上奇环前的千钧一发之际被他的族人们救出。"

我："就这样，黑洞人得救了？"

她欣慰地笑了，眼中却盈满了泪水："是啊，就这样，他得救了。他自由了，经过不懈的奋斗、努力，他终于自由了。他终于能够自由自在地翱翔在太空之中，就像脱笼而出的鸟儿一样。"

我沉思了很久，说："虽然你说的那些专业的东西我似懂非懂，但是我感受到了这其中的伟大感和神圣感。这个故事的确挺激励人的。"

　　她："如果你知道黑洞人逃离黑洞用了多长时间，你会觉得他更伟大。"

　　我："多久？"

　　她："差不多10的40次方年吧。"

　　我："10的……40次方年？"

　　她："是啊，不是一百亿年、一千亿年，也不是一万亿年，是比那长得多的10的40次方年。为了逃出黑洞，黑洞人花费了那么漫长的时间。"

　　我呆住了，张开口却不知道该说什么，因为我已无法形容内心的震撼和触动，只能怔怔地看着她。

　　她苦笑连连："所以你明白我为什么会被黑洞人感动和激励了吧？为了逃离孤独，为了重获自由，他付出了巨大的代价。和他比起来，我的这一点点人生遭遇算什么？"

　　我："可是，10的40次方年……就连我们宇宙的寿命都没有那么长吧？"

　　她："黑洞奇点附近的时空已经扭曲了，未来世界的黑洞人可以利用奇点到过去的世界。我想，我现在之所以会得知黑洞人的故事，可能是未来世界的黑洞人或者他的族人给我发送了他的一部分记忆吧。"

　　我："可是，又是谁把他困在那么多的黑洞之中的呢？是谁部署了这个奇怪的黑洞套娃游戏？"

　　她："这……我也不知道。"

　　这是我对她的第一次采访。这一次采访之后，我回去思考了很多，也查阅了很多资料，分析了她言语之中的诸多漏洞。我没有完全相信她所说的话，但是依然认为她的话有一些可取之处。

两周后，我再次见到了她。这一次，她的精神状态已经彻底恢复，身上已经看不到丝毫的消沉和抑郁了。

她："嘿，我现在终于知道答案了。"

我："哦，你是说你知道那些问题的答案了？"

她："是啊。就在三天前，黑洞人再次回复我了，这次他回答了我的一些问题，还告诉了我一些很惊人的秘密。"

我："愿闻其详啊。"

她："你知道吗？设置这九重黑洞的，是一个非常古老的高等文明，比黑洞人所在世界的文明都要古老得多，那个高等文明应该是用虫洞的方式往大的黑洞里塞进物质，然后制造出了可以稳定存在的小黑洞。至于他们这么做的目的，我也不清楚。不过黑洞人之所以会不小心进入那个文明设下的九重黑洞的最中心，大概是因为他不小心闯入了一个虫洞，然后被传送进去了。"

我："原来是这样，这样倒是解释得通了，不然，黑洞里怎么可能还会有黑洞。"

她："是啊。而且，黑洞人也感谢了我。他告诉我，是未来的他把过去被困在黑洞中的他的意识和我的大脑融合在了一起，让过去的他能够在黑洞中不那么孤独。因为我和他的意识连接后，每当他做梦，就可以体验我的生活，就会感受到地球生活的美好，从而给孤独的他突破黑洞的坚定信念，重新找到回家的路。虽然对我来说，我和他的意识融合其实没有多长时间，但是对他来说，却是过去了10的40次方年的时间，在那段岁月里，他就是靠我带给他的美好生活的体验而熬下来的。我跟他说，我生活的世界其实没有那么美好，也有很多沮丧、抑郁、失落甚至绝望，但是黑洞人鼓励我，说跟他被困在黑洞里的那份绝望和孤独比起来，我生活中哪怕是最痛苦的记忆和体验都让他无比向往。这大概就是孤独到极致的人所渴望的吧。"

我："听你讲了这么久，现在我也能体会一些他的心情了。你是黑洞人的精神支柱，在你们两个人产生思想连接的过程中，你变成了他无尽孤独岁月中的唯一一束光，是他几乎永恒的黑暗岁月里的唯一能够坚持下去的一丝希望。你对他真的很重要。"

她："是啊，真想亲眼看看他。"

我："他会来找你吗？他来自那么伟大的文明，找到你应该不难吧？"

她："不，他有更急的事要做。虽然他也想来找我，但是眼下他还抽不出时间。"

我："他还有什么更急的事要做？"

她："有啊。就在三天前他跟我说，其实第八重黑洞并不是最后一重黑洞，还有第九重黑洞。"

我："第九重黑洞？可是他不是已经逃出克尔黑洞了吗？"

她："不，逃出克尔黑洞不意味着就彻底自由了。事实上，他离自由还很远呢。因为，我们这个宇宙也是一个黑洞。"

我："啊？你没有开玩笑吧？"

她："没有。这是黑洞人告诉我的秘密，我们整个宇宙都是一个巨大的黑洞。我们这个宇宙中所有的生灵，都被困在一个巨大的黑洞中，某个更高等的文明制造了这个巨大无比的黑洞牢笼，囚禁了这个宇宙中所有的文明，而黑洞人所在的文明是反抗者，他们要冲破这最后的黑洞，走向真正的自由天堂。但是这个过程并不容易，目前我们这个宇宙黑洞的史瓦西半径甚至超过了宇宙空间的半径。所以，黑洞人和他的族人们选择回到过去，从源头制造宇宙的快速膨胀，他们要让宇宙空间迅速膨胀，一直膨胀到超过宇宙本身的史瓦西半径，那个时候，他们才能突破宇宙黑洞的封锁。我相信那一天一定会到来的。"

我尽量配合着她，摆出对她的话深信不疑的姿态："没想到他们居然背负着这样沉重的使命。可是，到底是什么样的高等文明，又是出于什么样的目的囚禁了我们呢？"

她："那我也不知道了。那样的存在离我太遥远了，黑洞人告诉我的也就只有这些。"

我："他最后还对你说了什么吗？"

她："他留给我的话很多很多，我都来不及细细消化呢。不过，我最喜欢的是他对我的那番鼓励——'不管你在人生中遭遇了怎样的绝望和孤独，都请不要轻易放弃自己的生命和信念，因为比起被困在第九层的黑洞中，这点孤独和绝望根本不算什么。'"

最后，我还是结束了和她之间的漫长对谈。我觉得她所讲的故事是一部绝佳的科幻小说。后来我把她讲的故事告诉了我认识的一些物理专家，那些专家基本对此不屑一顾，甚至表示她所讲述的故事漏洞百出，很多情节都缺乏最基础的物理常识，甚至说这是一个对黑洞没多少了解的门外汉的胡编乱造，比如黑洞里再塞一个黑洞，是不可能保持稳定的，小黑洞的质量会很快被大黑洞吞噬，然后合并。

这多少让我有些泄气，因为我觉得她讲了一个很棒也很有寓意的故事，这个故事打动了我，就算它的内核有硬伤，但不能将其全盘否定。

直到很久之后，我遇到了一位退休的心理医生，他听了这个故事后对我说："或许，她所讲述的并不是一个关于黑洞和外星文明的故事。"

我好奇地问他："那她的这个故事讲了什么？"

那个医生对我说："或许她所讲述的，是一位孤独症患者在亲人和好友的鼓励下，通过内心深处的不断自我斗争和自我砥砺，坚强地打破了一重又一重枷锁，最后成功走出来的故事。黑洞也好，飞船也好，外星文明也好，都只是比喻，只是意象，隐藏在科幻故事外衣下的，是生命的坚强和人性的光辉。黑洞是她的内心，黑洞里的人本来就是她。同时，每一个患了孤独症的患者，不都是被困在九重黑洞最深处的黑洞人吗？他们都在黑洞的中心呐喊、呼救，需要我们去给予救援和帮助。"

那一刻，我恍然大悟。

我突然好想再找到她，和她再进行一番畅谈。

可是，直到今天我也没有成功，因为我再也没有见过她。

她好像从这个世界上消失了一般。

不管我打她的电话，还是找她的亲人打听，抑或是登门拜访，都没有能够找寻到她。

直到最近我才慢慢说服了自己：或许，她已经见到了她一心想见的黑洞人，与他一同去了另外一个更遥远的世界吧。

二十六、真正的世界支配者

　　他："你可曾听到过来自森林的声音？"

　　他对森林有一种极端的痴迷，被我称为"林音者"。在他过去三十多年的人生里，有十五年的时间都兜转在全国各大著名的森林之中。天山雪岭云杉林、长白山红松阔叶混交林、尖峰岭热带雨林、荔波喀斯特森林等等，他都去过。但他不是一个旅行家，他去森林既不拍摄也不留痕，更不是做什么科研考察。他只是静静地坐在森林的某个角落里，平和地听着来自森林深处的声音。更重要的是，他总是选择在没有人的清晨或者深夜去森林。

　　我："你说的是鸟鸣声吗？还是泉水的叮咚声？"

　　他："都不是，是比那更深远的声音，森林里的树木交流的声音。"

　　我："你觉得森林里的树木会交流吗？"

他："当然会，我听到过很多很多次，它们甚至还主动与我交流。"

我："这是怎么做到的？"

他："需要你静心去听，安静地去感受。"

我："所有的树木都会说话吗？城市里有那么多公园，里面也有很多树，它们也会发出声音吗？"

他："不会，城市里的树木是不会发出能让人听到的声音的。因为城市里的森林规模太小，要去一些大森林、深山老林，或者年代久远的森林才行。城市公园里的树木也好，街道上的行道树也好，它们之间是不会有什么深入的交流的。因为它们都是一个个孤立的个体，彼此之间是陌生而独立的，不会建立起一种隐秘的联系，所以无法正常沟通、交流。就像在车站里等车的人们，互相之间都不认识。"

我："那你去过的那些森林都能听到声音，是吧？"

他："对，我去过的绝大多数森林，树木都会窃窃私语，讲述独属于它们的故事。你要知道，这个世界上有超过3万亿棵树，树的数量要比人的数量多几百倍，人只是非常渺小的一个种群，树才是这个世界真正的主宰者和统治者。所以它们的故事可比我们人类的故事要丰富精彩多了。"

我："那树木们会讲什么故事呢？树木又不能动，它们的故事肯定很单调吧？"

他："比你想的精彩多了。人类经常把城市比喻成钢铁森林，反过来，你把一片森林想象成一座城市，就会觉得森林热闹非凡了。比如说，一个普通的公园就可以有十几窝蚂蚁，那一大片森林里的蚂蚁足有数万只，甚至数十万只。树木们会告诉你，今天有哪些蚂蚁王国的子民们出门觅食，告诉你地底下有哪些蝉即将破土而出，告诉你有几万只鸟栖息在它们的枝头，还会告诉你有哪些金龟子、蟋蟀、松毛虫爬过它们的身体。当然，下雨的时候，雨水渗入地下，又会有多少蚯蚓忍不住钻出来透气。我说的这些只是冰山一角罢了，还有很多蘑菇、灵芝等菌类生长的故事，蚊虫和蝴蝶争吵的故事等。森林里可真的是太热闹、繁华了。"

我："可是我去到大部分森林里的时候，只会感到安静、宁和。"

他："那是因为你听不到森林里的声音。大多数人都是听不到的，因为人类耳朵捕捉声音的频段不太集中在森林发声的频段。但是这不代表森林就不说话，森林一直都在说悄悄话。"

我："可是树木没有大脑，它们是没有思想的，怎么可能组织出语言呢？"

他："怎么没有大脑了？树木的根系就是它们的大脑，森林藏在地底之下的发达根系是你完全无法想象的。树木们可以通过根系之间的电信号来传达各自捕捉到的外界信息，最终形成庞大的自我意识，这是属于森林的意识。"

我："这听起来有点像《阿凡达》里的潘多拉星。那个星球上的树木，都是可以通过根系之间的电信号进行交流的。"

他："但是我现在不是在跟你讲科幻，我是在跟你讲现实！我说的是真的，在现实世界中，两棵挨得很近的树木的树叶绝对不会重叠，这是为什么？这是因为树木也会交流！树就是有生命的。森林既是一座热闹非凡的自然城市，也是保存自然界记忆的存储器，更是进行生态轮回的坟场。你只有读懂了森林，才能真正读懂这个世界、读懂地球。其实，人也是森林的一部分，是森林的延伸罢了。"

我："这又怎么说呢？"

他："森林的一些东西是延伸到了人体内的，不管你活着还是死亡之后，那些东西会一直存在着。你活着的时候，那些东西暂时储存在你的体内；你死了之后，那些东西就会回归森林。"

我："那些东西究竟是什么？"

他："最常见的是黏菌。"

我："黏菌？"

他："是的。黏菌是森林养育的，在古老的森林里，有着大量的黏菌，它们如今遍布在这个世界的每一个角落。人体内也有不少黏菌，比如肠道内、皮肤表面、指甲缝隙，人体内的乳酸菌就是一种黏菌。人类天然有两个思想中枢，一个是大脑，另一个是肠道。前者人人皆知，后者却经常为人所忽略。肠神经系统有大约五亿个神经元，在数量上虽比不上大脑的八百六十亿个神经元，但肠神经系统和中枢神经系统在一定程度上能够相互独立，因此人的肠道也具有独立思考和判断的能力，可以做决策。人的情绪和精神都会受到肠道的影响，肠道在某些方面甚至比大脑还要聪明。在人类死亡后三小时内，人体内的黏菌会和其他微生物一样入侵大脑，占据并吞噬人体的每一部分。"

似乎是怕我听不懂，他停顿了一会儿才继续道："在吞噬了人大脑内的大量细胞后，黏菌内部的环磷酸腺苷水平就会与人类大脑神经递质相同结构内的环磷酸腺苷水平相同，而黏菌中的某些单元开始变得活跃，成为领导，它们会有节奏地发出和宿主生前大脑神经细胞水平相同的环磷酸腺苷，从而成为黏菌邻近细胞之间的信使，最终还原宿主生前大脑神经的电信号传递模式。负责领导的那些黏菌就像是组织团结大家的军号声，并且可以以每秒数微米的速度传播。每个单元一旦接到信号，便开始朝着领导细胞的方向蠕动。它们同时把信号放大、传递，形成反馈，提供非线性渠道，使更多的细胞向领导细胞集合。细胞以脉动波的形式向中心聚集，通过这种方式，黏菌就会形成一个类似蚁群的'超有机体'，来进行一些有组织的、智能的活动。所以来自森林的黏菌，就是储存生命的使者。"

我："你说的太复杂了，当然也很神奇。可是，我们人类研究真菌很久了，也没有发现黏菌有那么多秘密呀。"

他："那是因为人类的研究才刚刚开始。当然，这些年来人类对黏菌的研究在迅速推进着。但是大多数人都远远低估了黏菌的智慧。科学家们曾做过一个实验，用黏菌爱吃的食物——燕麦片替代城市，让黏菌在培养皿里自由生长。后来，黏菌渐渐占据了整个培养皿。而当科学家们将黏菌占据的路线图，与东京现有的铁路系统图进行对比后，发现黏菌仅仅用数小时，便完成了东京铁路工程师们耗费数年才完成的东京铁路网。黏菌的智慧超乎你的想象。二十四亿年前，黏菌就已经统治了地球，又跟随树木的繁衍而扩散开来，它们的触角遍及世界的每一寸土地，包括人体内部。它们可以通过播撒孢子传递信息；它们可以读取每一个死者生前的信息，从而在属于它们的思想世界里构建出一个集合了所有生物和文明的'里世界'，用现在时髦的说法，就是'元宇宙'，可是由黏菌们构建的文明元宇宙已经存在了数十亿年之久。所有的生命交汇于'里世界'之中，在那里，我们的思想可以随意地碰撞，我们的灵魂可以任意地融合，而森林就是进入这个'里世界'的通道口。"

我："这太神奇了。如果你说的是真的，那么人类历史上的一切信息不就都被保留了吗？"

他温和地笑了："是的，良渚文化、二里头文化、三星堆文化、虞、陶唐、夏、商、周、秦、汉、三国、两晋、南北朝、唐、宋、元、明、清……不同文化、不同朝代、不同文明的人们，都汇聚在森林中的'里世界'。"

随着他的讲述，我的脑海里产生了一连串的幻景，我仿佛看到了：佩戴着古怪青铜面具的三星堆先民们围着神坛高声合唱；雄伟壮观的大明宫拔地而起，梳着望仙髻、穿着绯色碎花上衣和绿色罗裙的宫女在殿前翩翩起舞，浅吟低唱；身着抹胸与褙子的宋代歌伎在光影交错的船舫上举杯畅饮；数百重骑兵举旗冲锋于沙场之上……

中国历史中的一幕幕就此重现，以如此真实的面貌展现在我的面前。

森林，就是历史之眼啊。

我："所以，你那么喜欢去森林，聆听森林的声音，是因为你想要到'里世界'去，是吗？"

他："是的。我想要去森林构建而成的'里世界'之中，和我们的祖先进行交流；我想要解开历史上的各种未解之谜，了解我们的过去。这只有在森林里才能做到。"

不得不承认，他对森林的描述打动了我，让我能够用全新的视角去看待地球上的森林。

虽然我听不到森林的声音，但是我真的很向往进入他所描述的那个"里世界"。如果有机会，我想跟他一起去听听来自森林深处的美妙声音。

二十七、世间所有的尘埃

　　我愿意叫她"观尘者"，因为她的爱好就是看天空中飞舞的尘埃，尤其是在阳光明媚的天气里，她会拿一台单反，在阳光打出的光柱里，拍摄形态各异的空中飘浮物。我看过她拍摄的一些照片，有些照片拍得很美，那些在阳光中起舞的尘埃，在她的镜头里就像金光闪闪的细雪，美得让人陶醉。当然，她迷恋尘埃的背后，也有一套自己的逻辑。在和她的交流之中，我逐渐明白了她的这套逻辑。

　　她："有空多出去走走，呼吸呼吸外面的空气，看看外面的世界，特别是看看山壁和岩层，你会对生命和时间产生更深的感悟。"

　　我："为什么要去看山壁和岩层？"

　　她："因为我们迟早会变成它们的一部分。提前去看看自己未来的埋骨之地，不好吗？"

　　我："你的意思是，未来我们会被深埋地下？"

她："是啊。我们都会变成土地的一部分，连痕迹都不会留下。就像几亿年前的化石那样——不，比化石还要惨。毕竟我们现在基本都是火葬，死了以后就只剩下了骨灰。当然，骨灰最后也会和大地结合为一体的。地下的世界，才是我们最终的归宿。"

　　我："为什么你会痴迷于思考这些东西呢？活着的时候尽情享受人生不好吗？"

　　她："有些东西不是自己能够克制的。就像你站在一场大雨之中，雨点每时每刻都从天上落下，打在你的脸上，抽在你的身上，你是不可能无视它们的。"

　　我："现实中有这样的雨吗？"

　　她："有的。只不过这是一场'尘雨'，是由无处不在的尘埃组成的雨。"

　　我："尘埃？"

　　她："是啊。尘埃，漫天都是尘埃。其实不管我们站在哪个地方，尘埃都会冲着我们降落，全人类、全世界，无时无刻不在沐浴着尘雨。这些尘雨细细碎碎的，刮在我们的脸上，钻进我们的衣领、袖口，甚至进入我们的鼻腔。只不过它们太过细微，所以我们很多时候都无视了。而当我们想到的时候，才会注意到它们。比如，你几天没有去上班，桌子上就会积一层灰；或者你很久没有回农村老家，屋子里就变得到处都是灰尘了。如果几十年、几百年不去打扫一间屋子，那么，这间屋子说不定就会被尘土淹没。但是几百年又算什么啊，对于地球来说，只是一眨眼的工夫罢了。只要几百年的时间，一间屋子就可以被尘土淹没，要是过几千年，不就彻底被埋在沙土堆下了？可是，几千年依然不算什么啊。你想想，人类在三百多万年前就已经存在了，那是什么概念？比几千年的时光还要多一千倍，地面上的尘土理论上早已足够积累成一座山了。所有过去存在着的生命和文明的痕迹，都会被尘土淹没，再也捕捉不到。现在人类世界里最高的建筑也没有超过1000米，过上几百万年甚至上千万年后，这些都将不存在了。一切曾经存在过的痕迹，都没有了。"

我："可是，那是一个非常缓慢的过程，人类的平均寿命也不过是几十上百年，考虑那么遥远的未来，对于我们来说没有什么意义吧？可能享受当下、着眼于眼前更加实际一些。因为岁月变迁是我们无法阻挡的，至少现在的我们无法改变。"

她："我只是有时候会感到悲伤。"

我："悲伤什么？"

她："悲伤我们每个人从一出生开始，就已经在被慢慢地埋葬。最开始的时候，我想到这一点就彻夜难眠。我总感觉我身体的各个部位都有细小的东西存在，让我奇痒难忍，就好像有无穷无尽的蚂蚁在爬。我甚至有一段时间把自己整夜地泡在浴缸里，我想把身体表面的尘土全都洗干净。我搓啊搓，把体表所有尘垢全都搓得干干净净，那时候我的身体干净得堪比刚出生的婴儿。可是两天之后，我的身上就又有了尘垢。那时候的我非常绝望。我想摆脱尘土，不想被尘埃埋葬，可是我摆脱不了。尘雨那么浩大，无处不在，无孔不入，就算我关上门窗，天花板和墙壁上的灰尘、粉尘也在慢慢地脱落。就算我钻进水里，水面过一段时间也会积尘。想到这里，我就感到胸口阵阵发闷，甚至快没法呼吸了。"

我："但是后来，你好像克服了对尘土的恐惧，慢慢开始接受了？"

她："是的，我接受了脱敏治疗。我开始按照医生说的，尝试着去发现尘埃美好的一面。于是我开始学习摄影技术，拍摄各种关于尘埃的画面。每当阳光明媚的时候，我就会拿着相机去拍摄尘埃。时间长了，我发现尘埃也是非常美的，它们有着雪的优雅和轻柔。拍摄尘埃的过程，也是欣赏艺术的过程。于是我渐渐地开始接纳尘埃，我觉得尘埃是有感情的，它应该在怜悯整个人世间。其实，尘埃是一种很温柔的东西。"

我："我突然想起来，中国自古以来就有'尘世''尘缘'这些说法……"

她："是啊。古人很聪明，早就看明白了，尘雨一直在下，这个世界上所有的一切迟早都会被尘土淹没。也因此，古人才会相信有'地狱'和'地府'。这不单单是因为古人把尸体埋在地下，还因为他们相信，过去历史上的一切存在物，都被尘埃掩埋在地下了。而古人是不知道宇宙寿命和地球寿命的，他们可能觉得过去的历史是无限长的，认为地底下的世界也非常深远，有十八层地狱。古人知道，我们人类自尘土中来，最终还是要归于尘土。这也是后来我想通的地方，尘埃不单单是埋葬我们时的裹尸布，也是新生命的襁褓。"

我："你是真的想通了。"

她："是啊，我彻底想通了。如今，尘埃差不多就是我的朋友了。你愿意跟我一起'赏尘'吗？"

我："好啊，就一会儿。"

于是，那个下午，我跟她一起傻傻地蹲在一棵樟树底下，静静地观望尘起尘落。

这或许也是我和她的一份小小"尘缘"吧。

二十八、我是外星人，来自月亮

我认识的病人中，有不少称自己是外星人，来自其他星球。而我这次要去见的人，就是这么一个"外星人"。他说自己来自月亮，但不是地球上看到的月亮；他来到地球的任务只有一个，那就是砍树。但是他从来都没有砍过树，倒是曾经几次举着斧头想杀人，但因为他身体虚弱、动作笨拙，每一次都被人阻拦，没有成功。

按理说，他是一个很危险的人物，我去见他之前做足了心理准备，甚至特地带上了防护工具。但是在见到他之后，我却松了口气，因为他看起来真的很没有攻击性。他戴着一副布满灰尘的厚重眼镜，蓬头垢面、缩头缩脑，整个人颤颤巍巍、有气无力的，就连走路都是一步一摇晃，好像随时都会摔倒不起一样。

不过他的精神状态还不错，眼神清明。

我："听别人说，你是外星人，来自月亮？"

他："对，我是外星人，来自月亮。但是我不是来自地球上看到的那个月球，而是来自……来自一个很遥远的月球。"

我："那是一个什么样的月球？在哪里？"

他："我……我忘了。"

我："你忘了？"

他："对的，来到地球之后我就记不清了，原来星球上的很多事我都忘了，唯一记得的就只有'我是外星人，来自月亮'这件事了。"

我："为什么会忘呢？"

他："我也不知道，可能是到地球的时候，飞船出了问题，把我的脑子撞坏了。"

他用一种极其无辜的眼神看着我："具体怎么撞坏的，我也忘了。"

我："好吧，我相信你。不过，听说你以前杀过人，是真的吗？"

他："我……我没想杀人……我真的没想杀人！我就是拿着斧头去砍树，但是那棵树突然就跑了起来，我追啊追，等我要砍向那棵树的时候，脑子一清醒，发现对方是个人。然后我就被人拦了下来。"

我："砍树？你为什么会把人看成树呢？"

他："我也觉得很奇怪，也想不通。"

我："能具体描述一下你把人看成树的过程吗？"

他："可以的。是这样子的，有一次，我在路边买菜，买到一半的时候，看到大街上突然出现了一棵树，那棵树细细长长的。这时我的脑子就开始犯糊涂了，觉得自己是个伐木工。然后，我就跟着那棵树走啊走，最后稀里糊涂地走到了一片草地里，我的手里也莫名其妙地多了一把斧头。之后，我就产生了一种莫名的冲动，就是想砍树，好像我的使命就是把眼前的那棵树给砍断。于是，我抡起斧头就冲了上去。等清醒过来的时候，我已经被人拦了下来。而我这才发现，眼前哪里有什么树，分明是一个活生生的人啊。我感觉自己的脑子那时候已经坏了。"

我："那你看到的树是什么样子的？"

他："每次看到的树都不太一样。有的时候是一棵柳树，有的时候是一棵白杨树，还有的时候是桃树或者桂树，反正不是每次都一样。"

我："那些差点被你错杀的人，又是什么样的人？有什么样的身份特征呢？还是说你认识他们？"

他："不认识，那些树变成的人，我一个都不认识。他们大部分都是知识分子，学历挺高的，比如博士后、教授、院长等。平时我没有什么机会跟他们碰面，更别说跟他们认识了。"

我："这么神奇。但是一般来说，只看外表的话，知识分子和普通人不一定有很明显的差异吧，你是怎么做到恰好每次选择的对象都是高级知识分子的呢？"

他："这我不知道，我也一直很纳闷呢。"

我："这是不是至少说明了，你有一种特殊的能力，能够鉴别出对方是不是高学历人才？"

他："我也说不好，有可能过去几次都是巧合。虽然别人都是这么说的，说我有一眼就看出对方是高端人才的能力。"

我："那其他几次的情况也差不多吗？都是你在路上走着，突然间失去了意识，之后手里就多了一把斧头，然后你就开始追杀别人？"

　　他："好像都差不多。都是突然间失去神志，然后等我清醒过来的时候，就已经拿着斧头了。"

　　我："那你的斧头又是从哪里来的？"

　　他："我也不知道啊。不过抓我的警察查了监控后说，我出门的时候就已经带了斧头。目击证人也说，我出门的时候手上就带着斧头。还有一些卖斧头的店家，都说我去他们的店里买了斧头。可是我根本就不记得自己带了斧头，别人都说我是蓄意杀人，可是我真的记得自己出门的时候手上什么东西都没有带啊。太奇怪了，真的是太奇怪了！"

　　我："确实挺奇怪的。那你对你做的这些事有什么猜想吗？你说你是外星人，那你莫名其妙把人看成树，还拿斧头砍人，说不定这其中有什么联系呢？"

　　他："我不确定，这个问题我一直在思考。虽然我是外星人，但是来到地球之后，一直都很老实本分，就是安安分分地做一个普通的人类，过普通人类该过的日子，也没有想要做出什么巨大的成就。一般人的日子是怎么过的，我差不多就是那么过的。"

　　我："你还没有回答我的问题。我的意思是，你有什么猜测吗？像是假设、猜想之类的。任何古怪的行为背后说不定都藏着一套缜密的逻辑。"

　　他："猜测的话，那是有的。我猜过一种可能，说不定我到地球，就是来砍树的。但是这树指的不是植物，可能在我的那个星球上，在我的同胞们眼里，人类就是一棵一棵的树。"

　　我："为什么在外星人的眼里人会变成树呢？"

　　他："我猜，可能外星人不以看人的视角来看待一个星球文明的演化，而是从科技和文明发展的程度来看待一种文明的样子。在外星人的眼里，人类文明就是一棵大树，而那些高级知识分子就是大树上最粗壮的树枝，这些分支未来还会长成更粗壮的大树。说不定，他们派我到地球来的目的，就是砍断那些可能会促进人类文明发展的树枝，阻碍人类文明的发展。"

我："那外星人为什么要阻碍人类文明的发展呢？难道他们想要攻占地球吗？"

他："或许吧。或许再过不久，我的族人们就要降临地球了。不过，我的任务都失败了，所以我也不知道他们到时候能不能成功攻占地球，因为人类的科技发展得还是挺快的。等到我的族人来的时候，地球文明说不定不比我们的弱了。"

我："呵呵，也是啊。现在科技的发展速度实在是太快了。我很好奇的是，从你个人的角度来说，你希望人类文明毁灭吗？"

他："不希望。倒不是我多喜欢地球，纯粹是我在这里生活习惯了。我想，一个总想着征服其他星球的文明，肯定自己的日子过得不太好，那我为什么不索性待在地球呢？"

我："也是。我感觉你看透了生活，也看透了人性，不管是人类的人性，还是外星人的人性。"

他："谢谢。不管在宇宙的哪个角落，生活都是永恒的主题。"

后来，我特地关注了一下他险些杀死的那些高级知识分子，在几年后，那些人的确都获得了不小的科研成就，其中，一人成为菲涅尔奖得主，一人获得了福特奖，一人获得了斯蒂尔奖，还有一人获得了费希尔奖。

看来，他们真的是促进人类文明发展的"圣树"啊。

二十九、世上所有的灵感都来自同一个地方

从某种意义上来说，他是个天才。他擅长作诗，闲暇之余写了很多让人惊艳的诗歌。但是作诗并不是他最主要的兴趣爱好，他最喜欢做的事是闭目冥想，有时候一冥想能持续整整一天。在他冥想时，不管周围的人怎么叫他，他都不声不响、不理不睬，就好像他的灵魂已经前往了另外一个世界。

他的房间里挂满了诗画和对联，那密密麻麻的诗画就好像春天的柳条——垂落，让整个房间几乎无法一眼看全。

我在他的房间里首先看到的是一首七言诗，诗名叫《醉春》，全诗如下：

春风吹动江南岸，
桃花红艳如霞烂。

渚白醉卧花下眠，

梦中不知天地变。

　　我不知道这首诗是什么意思，也不知道它想表达什么样的意境，只感觉这首诗有清新、烂漫的气息。我在他的房间观赏了一阵诗画后，他终于结束了冥想，用吃惊的眼神看向我。我急忙跟他解释我的来意，回想起之前就和我有过的约见后，他同意了我对他的采访。

　　我："您刚才是在冥想吗？"

　　他："要说是冥想的话也没有错，但是我跟其他打坐冥想的师父不一样。"

　　我："不一样在什么地方呢？"

　　他："我这是在探寻。"

　　我："探寻？探寻什么呢？"

　　他："探寻灵感。"

　　我："灵感？"

　　他："是的，我在探寻灵感。当闭上眼睛一段时间后，如果状态足够好的话，我就会进入一片海洋之中。在那片海洋的深处，我能够看到数不尽的灵感，就像夜空中的星星一样繁多；如果运气足够好的话，我还能够摘下其中一颗星星，说不定就能写出一首旷古绝今的名诗来了。"

　　我："这未免太过神奇了。我从来没有听说过还有灵感海洋的存在。"

　　他："因为一般人没有用灵感之海来描述它，而且也不是什么样的人都能轻而易举地进入这片灵感之海。历史上能够进入其中的，无一不是名垂青史的奇才，比如李白、拉马努金。"

我："李白也进入过灵感之海？"

他："当然进入过，历史上能写出千古佳作的诗人，不少都进入过灵感之海。不是有句话叫'文章本天成，妙手偶得之'吗？这么说吧，其实历史上根本就没有什么真正的作诗天才，所有名留青史的诗人本质上都是灵感之海的探秘者，他们在这片海洋里摘到了闪耀的星星，又把它们带回人间，然后被世人追捧。世人以为那些千古绝句都是他们创作的，其实他们只是摘果实的人，而不是那棵结果实的树。"

我："这么说，您也能够达到李白那样的境界？"

他："那我可远远不够，李白那样的千古神人能够到达灵感之海的更深处，摘到更耀眼夺目的星星，我可做不到。我只能偶尔摘到一些小的、暗淡的，不是那么光彩夺目的星星。不过，我也有一个特殊的本领，那就是清楚历史上的一些名人曾经沿着灵感之海的哪个方向走，最终摘到了独属于他们的星星。"

我："不同的名人还有不同的路径？"

他："当然是有的。比如，数学家和诗人走的路径肯定是不同的，音乐家和画家走的路径也完全不同。甚至同样是诗人，李白和王勃走的路径也是不同的。灵感之海很大，里面的暗流很多，每一条暗流就是一条路径，而且越是随着暗流通往灵感之海的最深处，你就能够找到越闪耀的星星。有时候我真恨不得一头钻到灵感之海的尽头，但是那太难了，越往前走，我就越会感受到一股无形的阻力，最后甚至被那股阻力给反推回来，两手空空，一无所得。"

我："那股阻力又是什么？"

他："不好说，有可能那是每个人能够摘取灵感之海星星的次数上限，也有可能是灵感之海里藏着的神人在阻止我们窥探天机。"

我："灵感之海里还居住着神人？"

他："所谓神人，是我自己猜的，我也从来没有看到过。但是，我感觉灵感之海是有自己的意识的，它能够清楚地知道你进入灵感之海是为了什么——它能够引导你，也能够拒绝和阻止你。当你受到它的引导时，就会得到非常贵重的礼物；但是，如果它阻止你，你就只能接受一无所获的结局了。"

我："什么样的情况下灵感之海才会引导您呢？"

他："这可就不好说咯。我现在还在研究这一点，怎么样才能让灵感之海对我满意，让它引导我去找到闪耀的星星。灵感之海深处的那些宝藏星星，随便摘到一颗，对全人类来说都是非常宝贵的财富了。"

我："那您现在大概能够到达灵感之海的什么位置了呢？"

他："唉，还是很靠外的位置。这么说吧，如果李白在灵感之海里走了100米，那么我也就走了15米左右，离那些历史名人还差得很远。"

我："您走的都是诗人走的路径吗？您刚才还提到了拉马努金，我知道他是印度历史上著名的数学家，您有尝试过走他的路径吗？"

他："嘿，我还真走过。不过，我不是那块料，走他的路就更难了。可能是我没有什么数学天赋吧。如果拉马努金走了100米的话，我可能才走了不到5米，比走诗人的路径要难太多了。不过，数学家路径里的星星颜色倒是挺好看的。"

我："不同路径的星星还有不同的颜色吗？"

他："当然。比如，诗人路径里的星星是金色的，数学家路径里的星星是青色的，画家路径里的星星是红色的，音乐家路径里的星星是蓝色的。还有一些设计师，或者雕刻家、物理学家、游戏玩家等，都有不同的颜色，我就不一一举例了。"

我："不同路径里的星星的颜色跟什么有关系呢？"

他："这个我倒没有深入研究过。大概就是用于区分天赋的种类，并没有什么特殊的意思吧。反正，在数学和物理学的路径上，我从来都没有走远过。在诗人和作曲家的路径上，我走得是最远的。"

我："这个房间里的诗歌都是您从灵感之海里摘回来的星星吗？"

他："你说对了，这些诗歌都是我从灵感之海里摘回来的。比如，你刚进门看到的那首《醉春》，就是我沿着李白走过的路径行走时，在路上摘到的一颗星星。可是我只走对了方向，跟李白还有太大的差距。我一直在尝试着走得更远，但是难度实在太大。"

我："走的距离可以通过后天的训练变远吗？"

他："可以的，虽然很难，但的确可以通过后天的训练让自己在灵感之海走得更远。但是这有年龄限制，对一般人来说，行走距离极限出现在三十岁之前。人到了三十岁之后，想要超过自己巅峰时期走的距离，就变得很难了。不过，我年轻的时候没有发现灵感之海，所以也不知道年轻时能走的路的距离极限，也因此我现在勉强还在进步。只不过进步的速度很慢，训练一年，可能就多走个半米。而且一段时间不训练的话还会倒退，所以我得天天训练，不然就前功尽弃了。年龄越大，倒退的速度越快，所以我现在更得天天加强训练了。"

我："那您今天可有什么收获吗？"

他："没有，这是我最担心的事，我今天一点收获都没有，甚至连进入灵感之海都变得很难。我真担心人会不会到了一定年龄，就再也进入不了灵感之海了。要是那样，我真感觉自己活着没有什么意思了。看来我今天还得加强训练。"

我："那您继续训练吧，我就不打扰您了。期待您的好消息，如果您摘到了闪耀的星星，请务必分享给我。"

他："放心，如果我真的摘到了珍贵的星星，肯定会举办庆祝宴。当然，就算我以后进不了灵感之海，也会想办法找到带领其他年轻人进入灵感之海的方法。"

我觉得这位大师的任务太过艰巨，他的发现或许会影响人类文明的进程，必须给他一个安静的环境，让他在还能进入灵感之海时尽可能找到一些闪耀的星星，造福于全人类。

于是，当他再次开始闭目冥想后，我悄悄走出了他的房间，甚至都没有跟他好好道别。

三十、忘记不幸福就幸福了

她是一个告诉我该如何度过幸福人生的奇女子。

她让我知道了，人生该怎样去度过，怎样才能让幸福长存。

她有一个特殊的生活习惯，就是会把自己每天的经历记录在一张表格中，把快乐的和不快乐的事都记录在内，之后又一项一项地相互抵消，最后剩下的那部分，就是她每天收获的情绪，有时候是快乐，有时候是悲伤。

她这个做法很有创意，也有一些人尝试着去学习，不过却始终掌握不了其中的精髓。我在得知这件事后找到了她，向她请教这样做的奥秘。

她大大方方地向我展示了她的"心情晴雨表"。我仔细看了看，上面写的内容的确可以算得上事无巨细。表格的左边有两列，主题分别是"快乐的事"和"悲伤的事"。在"快乐的事"中，我看到了"吃到了自己喜欢吃的蛋糕""一个睽违数载的同学打来了电话""今天是晴天，天气很好""今天看见一只鸟飞到阳台上""看了一部很喜欢的电影"等内容；而在"悲伤的事"那一列，我看到了"今天掉了20根头发""脸上长了新的痘痘""衣服不小心撕了个口子""三外公去世了"等内容。

我："你每天都会记录吗？"

她："对，我每天都会记，一天都没落下。这是我每天的必修课，必须要做的。"

我："你这么做是为了什么呢？"

她："为了让自己的人生更加幸福、快乐啊。"

我："有效果吗？只是把每天遇到的快乐的事和不快乐的事记录下来，再一一抵消，心情就会变好吗？"

她："会的。只要你理清楚了自己的心情是什么样的，那样你就会对自己的情绪变化掌握得更加精确，就会知道做什么样的事情能让自己的心情变好，做什么样的事情能让自己的心情变差，时间久了，你就可以多做那些让心情变好的事，避开那些让心情不好的事。当然，有的时候让心情不好的事很难避开，但是你可以尽量去淡化，然后迅速把注意力转到让你高兴的事情上来。"

我又看了一会儿她的"心情晴雨表"，很快发现了一个古怪的地方：她爷爷去世那天，她居然还去电影院看了一部喜剧电影，一直到了葬礼那天，她才去送了爷爷一程。

我："你跟你爷爷的关系不好吗？"

她："我爷爷活着的时候对我很好啊。他是最疼我的人之一，我小时候想要什么，他都会买给我，还经常给我做我喜欢吃的菜。"

我："可是，我看你表格上记录的：他去世那天，你还去看了一部喜剧电影；葬礼那天，你也只是在下葬前象征性地去了一下，不到十分钟就离开了。"

她："这不是很正常吗？爷爷对我那么好，他也不会希望我伤心，他希望我快快乐乐的，就像以前一样。如果我在他去世之后每天都很悲伤，他在九泉之下反而会不得安宁吧？而且，一个人一生的时间是有限的，哪怕按照我能活一百岁来计算，我也就能活36500天左右，差不多876000个小时，再转换一下大概是31.5亿秒。那么，我要做的就是尽量让这31.5亿秒中的每一秒都过得幸福快乐一些，尽量扩大高兴时间的占比，减少不高兴时间的占比。我爷爷去世了，我是很悲伤，内心也会止不住地难受，但是我必须压缩这个悲伤的时间。所以，我只在他下葬的时候悲伤个600秒左右就差不多了。这个悲伤时间对我来说，已经是极限了。他去世之后，我看喜剧电影有什么问题呢？人都已经去世了，什么都无法挽回，重要的是活在这个世界上的人的心情，不是吗？"

她的逻辑似乎是自洽的，但是在道德和本能上，我却感觉很难接受。

我："可是，人毕竟是有感情的生物啊，有些负面情绪是我们难以控制的。遇到亲人去世、爱情和工作不顺利时，我们总是会本能地感到不开心。还有我们生病的时候，也很难继续保持乐观正面的情绪。正因为我们会不开心，会感到失落、紧张和害怕，才使我们更像活生生的人，不是吗？"

她："你说的我不觉得有错，关键在于情绪转换的速度问题。比如，一个人去医院里检查，查出自己得了癌症，那之后该干什么呢？是一直沉湎在对死亡的恐惧之中吗？我觉得不是，既然已经得了癌症，注定活不了多久了，那他就应该尽量让幸福和快乐去填满自己剩下的岁月，增加高兴时间的占比。而且这不是什么困难的事情，养一只鸟、一只金鱼，闻一闻喜欢的花香，吃自己喜欢吃的食物，看自己喜欢的书或者电影，玩自己喜欢的游戏，都能够很快调节心情。人其实是一种无论在何种境地都能在身心上适应环境的生物，人是非常伟大的。还有你说的，人在找不到工作的时候会焦虑和悲伤，在挨骂和被嘲讽的时候会感到自卑，这些情绪也是可以克制的。丢掉工作怎么了？这个社会只要有手有脚，有一颗愿意劳动的心，你就饿不死、冻不死，哪怕去扫大街、去捡破烂，都能够活下去。大不了露宿街头呗，而露宿街头也有露宿街头的好，每天可以去不同的地方，看不同的风景，遇到不同的人，这不也是一种让自己快乐的方式吗？人要学会在逆境里找到让自己的心情转变为愉悦的东西，这很重要。"

我："那家人的眼光，还有自己的人生规划怎么办？比如，一个人没有稳定的工作，怎么照顾父母，将来又怎么养育子女呢？"

她："没有能力照顾父母，那就不照顾呗。父母有父母的人生，他们也有在逆境中把自己的心情转换为愉悦的方式。难道你养一只猫、一只狗，就是为了它将来能反过来养你吗？没有能力养育子女，那就不要生育后代呗，节省下那些用来养育子女的资源，让自己的人生充实和幸福也可以。现在这个社会，娱乐的方式非常多，上网看看视频，看看书，刷刷论坛，都能让自己的一天变得愉悦、欢乐。你也不要觉得我的做法很极端，其实这个社会里到处都是像我这样的人，不然为什么会有'娱乐至死'这一说法呢？为什么现在各种短视频、自媒体上的劲爆新闻、手游等那么多，是因为大家都在逃避烦恼，都有着痛苦一天是一天、开心一天也是一天的心态。只不过我不藏着掖着，把这种生活态度摆到了明面上。"

我："现在我明白为什么你要坚持制作'心情晴雨表'了。的确，如果你一直记录，可以让你在坏心情和好心情之间迅速切换，你会产生节约时间的意识，不把太多的时间花费在坏心情上。"

她："现在你也领悟到这一精髓了，恭喜你。你想学吗？我可以教你，免费的。"

我："不用了，我还没有达到你这样的境界。"

结束和她谈话的那天，我的心情很沉重，我一直无法完全接受她的那一套世界观和价值观，却又很难找到一套理论来反驳她。

直到很多天后，我看到了一则新闻，内容是一个男孩连续从十八家商业银行借了上百万的贷款，然后在花完贷款之后选择跳楼自杀。那一瞬间我才突然意识到，快乐这个东西，也会被超前透支的。

你现在越快乐，将来或许就会越痛苦。让痛苦和快乐达成一个长期的平衡，那才是人生。

三十一、女装大佬的秘密

"她"是我见过的最美的人。"她"是个男人。

当然，在和"她"接触后，我认为已经很难用男或女来定义"她"的性别。

"她"本身长得就很女性化，气质阴柔，五官精致，眼睛清澈，留一头长发，穿女性服装，从外貌看真的比女人还要更有女人味。

"她"大多数时候都会穿一件宽大飘逸的嫁衣，嫁衣红底缎绣金纹，表面图案以凤凰、祥云为主，边沿用锆石链条和珠串结合装饰，行走间，如星云璀璨，灵动奢华；下面搭配红色的宽筒长裤，让"她"走路时有一种纤柔摇曳之感，给人感觉就像个弱不禁风的待嫁女子。

我第一次见到"她"时，"她"就穿着那件中式嫁衣，一头飘逸柔顺的黑长发，浑身散发着一种中式古典美。"她"的美有一种难以形容的妩媚感，一言一行、一举一动、一颦一笑都带着诱惑力。这是只有男人才有可能散发出来的，因为最懂男人的永远是男人自己。

我对"她"的提问很直白，因为只有不停地提问，才能转移自己停留在"她"脸上的注意力："你平常都会穿成这样吗？"

"她"："你觉得我美吗？"

我："挺美的。"

"她"突然咯咯地笑了起来，笑得花枝乱颤，让人有些目眩神迷。

"她"："你脸红了。"

我："有吗？我都……没感觉到。"

"她"："你觉得我好看，那很正常，因为人类对于美的渴望是本能。人类自身强行给男人和女人贴上了'酷'和'美'的标签。其实，男人也可以有阴柔之美，女性也可以有阳刚之气。很多时候我们都习惯给一个群体贴上一个容易快速区分的标签，却忽视了这个世界其实没有那么泾渭分明。"

我："的确是这样的。这个世界很复杂，但是我们很难把握，所以只能用有限的能力去包装和认识一个简单化后的世界。"

"她"："这就对了。所以，你不要认为觉得我很美是一种羞耻的事情，别的男女在看到我的时候，都觉得我美。"

我："可是，你为什么要穿成这样呢？"

"她"："为了纪念我的妻子……或者说是未婚妻吧。"

我："你的未婚妻？"

"她"的表情变得忧伤起来："三年前，我本要和她举办一场中式婚礼。但是在结婚的前一天晚上，她房间的蜡烛不小心被人打翻了，一场火灾就那样发生了。她死在了那场大火里，我们终究没能成为真正的夫妻。因为按照传统习俗，只领证还算不上夫妻，拜了堂才算。"

我："这么说，你现在穿的这一身嫁衣，是她去世那天穿的吗？"

"她"："是的，我这一身嫁衣就是她去世那天穿的。为了纪念她，我才买了完全一样的嫁衣。"

我："你穿着这身嫁衣，能让自己内心的伤痛减轻一些吗？"

"她"："当我穿上嫁衣，就感觉她能回来。"

我："她……能回来？"

"她"："对，当我穿上这身嫁衣的时候，就感觉自己由内而外发生了改变。我感觉自己变成了她，我的生活习惯、爱好，都变得和她一模一样。甚至很多时候，我感觉我就是她，我不知道是她活在我的体内，还是我在慢慢变成她。"

我："这或许是因为你太过想念她而产生的一种错觉吧？"

"她"："我觉得并不是错觉。这是一种真实的改变，我真的在慢慢地变成她。或许再过一段时间，她就会在我的身体里完全复活，那时候我们就可以活在一具身体里，再也不分开。最近一年来，这种情况已经变得越来越明显了。"

我："具体是什么样的趋势呢？"

"她"："那就要从头说起了。一开始，我买这件嫁衣，没有打算穿，只是想纪念我的未婚妻。但是有一天我突发奇想，想知道试穿一下是什么感觉，于是就把它从衣柜里拿出来试了试。结果一穿上嫁衣，我就感觉情况不太对劲，自己的脑海里好像有个人在对我说悄悄话，那声音很像我已经去世的未婚妻。之后，我的生活习惯也突然发生了改变。以前我很讨厌吃竹荪，那天却特别想吃。但是，喜欢吃竹荪是我未婚妻的饮食习惯。此外，那天我还特别想敷面膜，特别想抱着熊猫玩偶睡觉，而这些都是我未婚妻的爱好。更神奇的是，那天晚上睡觉时，我在梦中变成了我的未婚妻，穿着嫁衣坐在卧室里，对着镜子细细梳头，镜子里的脸也是我未婚妻的脸……我好像就那样变成了她。在那之后，我就渐渐意识到穿上嫁衣后我的情况会发生变化。于是我又把自己关在家里，连着穿了三天嫁衣，果不其然，穿着嫁衣的那三天里，我的饮食习惯、说话风格、性格、脾气都变得和我未婚妻一模一样。那时候我终于确定，未婚妻的灵魂其实就活在我的身体里。只要我穿上嫁衣，她就能回来，和我的身体融为一体。当然，这需要一个漫长的过程，一开始回来的只是她的一部分，像性格、习惯之类的部分；再之后回来的，是她的一些碎片化记忆。我想，只要再过一段时间，她的整个人格都会在我的身体里面复苏。"

我："你现在已经到了什么样的进程？你觉得她大概什么时候能全部回来呢？"

"她"："现在她已经每天都能够进入我的梦里了，她的记忆也越来越具有连贯性。有时候我甚至能从她的视角去体验她过去的生活，从她的视角看到过去的我自己。而且，我已经能够操控梦里的她和过去的我说话了。有趣的是，当梦里的我以她的视角，和过去的我说话后，第二天醒来时，我的记忆也会发生改变，脑海里会多一段她过去跟我对话的新记忆。而这段新的记忆，是梦里的我借了她的身体跟过去的我发生的。我想，只要再过一年，或者两年的时间，她就可以完全回归。那时候，我就可以每时每刻和她在一起了。不过那个时候，两个人的灵魂挤在一个人的身体里也会变得挺奇怪的，我的视角和记忆可以在两个灵魂之间来回切换，我可以从她的视角看到我自己，也可以从我的视角看到她。那种状态下，我们的肉体和灵魂都是彼此共享、互相交织的。"

我："这也太不可思议了。可是，如果真的成了那样，不是会对你的正常生活造成极大的困扰吗？"

"她"："可我管不了那么多了。我只想她回来，不管付出什么样的代价，我都愿意。她是我这一生中最爱的人，那场没有完成的婚礼，是我一生的痛。我想她回来，和我完成那场婚礼，然后永远和我在一起，永生永世不分离。你知道这个世界上最伟大的爱是什么吗？"

我静静地看着"她"，没有急于回答，而是等着"她"给我答案。

"她"："这个世界上最伟大的爱情，不是一路陪伴，也不是默默地付出，更不是孜孜不倦地追求，甚至为爱人牺牲生命也算不上。这个世界上最伟大的爱情，就是把自己变成所爱之人，没有比这更伟大的了。"

"她"的话触动了我的心灵。在院里，我见过很多痴情的人，每一个痴情人都能给我巨大的心灵震撼，但是像"她"这样的，我还是第一次碰到。"她"对未婚妻的爱，算不算这个世界上最伟大的爱情呢？

我不知道。

当"她"把未婚妻的照片递给我时，我再一次被震惊到了。

因为化过妆的"她"，居然和"她"的未婚妻在外貌上有九成以上的相似度。后来我听人说，"她"天生就长得阴柔、纤瘦，声音也非常中性，一旦穿上新娘嫁衣，留起长发，"她"与未婚妻几乎难以分辨。

如果有一天，"她"的未婚妻真的回来了，那当她看着镜子里的自己时，会不会觉得过去的死亡只是一场光怪陆离的梦呢？

三十二、那个门后的红衣女子

他："我曾经看到过非常恐怖的景象。我不知道那景象为什么会发生，但是我真的不想再看到。甚至只是描述那场景，我的全身都会起鸡皮疙瘩。"

我这次采访的对象是一个年轻的小伙，他自称最近总是看到一些不太干净的东西。因此，他非常恐慌，又非常困惑，不明白自己为什么总是会看到那东西。

我："能具体描述下那是什么吗？"

他："人。确切地说，是一个女人。我总是能在门后看到一个女人。"

单单是听到他开场的讲述，我就感觉自己身上起了鸡皮疙瘩。

我："那是一个怎样的女人？"

他："穿红衣服的女人。确切地说，是穿着红色长裙的女人。"

我："听起来挺瘆人的。那你有看清楚她的容貌吗？"

他："这倒没有，因为她不是正对着我的。她趴在门后面的墙壁上，整个人悬挂在墙壁的中央。你看过《蜘蛛侠》吧？蜘蛛侠就趴在高楼大厦的幕墙上，她的姿势和蜘蛛侠很像。"

我："她在爬墙？"

他："对，那个红裙女人好像是在爬墙，这太奇怪了。"

我："奇怪在哪？"

他："我每次看到她的时候，她都在爬墙啊。关键是每一次她双脚和地面之间的距离都是固定的。我看到了她那么多次，她一点也没有爬高过。"

我："你看到过她多少次了？"

他："五次了。"

我："你是从什么时候开始看到她的？"

他："一个月前。"

我："每一次都是在固定的地点吗？"

他："那当然不是了。我看过那么毛骨悚然的景象，肯定会尽量避开那些地点了。第一次看到那个爬墙的红裙女人，是在小区门口。我们小区有一扇大铁门，那扇大铁门每次都只敞开一点，也就是说，门和墙壁之间总是会有一个夹角，那个夹角刚好可以容纳一个人。我就是在那里，突然看到一个红裙女人趴在墙壁上。"

我："那你有靠近去看看吗？"

他："没有。其实，那个红裙女人只出现了很短的时间，不到两秒钟就消失了。就好像她被墙壁吸收掉了一样，消失得干干净净的，红色的长裙和黑色的头发都看不见了，只留下了雪白的墙面。"

我："这也太瘆人了。那之后你又是在什么地方看到那个女人呢？"

他："有两次是在公司廊道里，打开安全通道的大门后，我突然看到了那个红裙女人就趴在大门的后面。还有一次是去接我女朋友的时候，在我女朋友家小区大门口，也碰到了那个爬墙的红裙女人。还有一次是在电影院。电影院放映厅的门又黑又重，那次我推开放映厅的大门后，不经意地回头一看，顿时吓出一身冷汗，因为那个红裙女人就趴在电影院门后的墙壁上。我的妈呀，怎么能这么吓人。"

我知道一些精神病患者总是宣称自己能够看到一些奇奇怪怪的东西，于是继续追问："那你有尝试着跟那个女人交流吗？比如问问她趴在墙上做什么。"

他："我就问过一次，就是最近的那一次。前面四次我都不敢问，而且她每次都是突然间出现的，没有给我多少思考的时间又消失了。"

我："那你问了之后，她可有回应你？"

他："没有，她还是趴在墙上，双手的动作看起来是要抓住墙壁上方的什么东西，或者纯粹就是想要往上面爬。但是我不懂她到底想要做什么，或者是想要爬到什么地方去。"

我："我可能不能直接帮你解决这个问题，但是我以前认识几个人，他们都说碰到过一些奇奇怪怪的东西，比如突然从自己面前跑过去的人影之类的，但是最后，那个人发现那道人影是来帮助自己的，锻炼他的刹车反应能力，为了避免他在高速公路上撞上一个小孩。我觉得那个红裙女人说不定也是在给你什么启示。"

他："那我得等到什么时候啊？"

我："那我也说不准。不过你现在不能着急，只能等，有些事还是要静观其变才行。"

　　他："好吧，那我再等等看吧，说不定事情会有什么转机呢。"

　　我："嗯。如果情况变严重的话，你也可以试试换个居住的场所，或者请几天假好好休息一下。"

　　他："好的，我会试试看的。我觉得你的表现有点像医生了。"

　　我："可能是我奇奇怪怪的人见多了吧，也学到了一些经验。"

　　他："或许吧。"

　　之后过了差不多一个月，他又联系了我，跟我讲了他的最新情况。

　　我："你后来又看到那个红裙女人了吗？"

　　他："最近一个月，我见到她四次。"

　　我："还是跟之前一样的情况吗？"

　　他："差不多，但是也慢慢有了变化。"

　　我："有了变化？是什么样的变化？"

　　他："那个女人爬得稍稍有点高了。以前吧，她大概只是在墙壁中间的位置，现在她已经快接近天花板了。"

　　我："你有再次跟她对话吗？或者说她有搭理你吗？"

　　他："我有试着对她喊话，跟她建立沟通。不过她还是没有搭理我，自顾自地趴在墙上。我现在也慢慢开始有点习惯了，没有一开始那么怕她了，因为她也不会害我，我就当是在欣赏行为艺术。"

　　我："可以的，那你再观察观察看吧。"

　　之后，又过了一个月，可怕的事发生了。一个晚上，他再次打电话给我，向我倾诉他内心的恐惧。

他："不得了了，我发现情况好像不太对劲。"

我："怎么了？"

他："过去一个月，我看到了那个女人七次！她已经爬上天花板了。"

我："爬上天花板了？"

他："对！她就像壁虎一样，背朝下趴在天花板上。我害怕的是，她已经停在我的头顶上了。她的头发垂落下来，差不多能碰到我的头顶了。我怕她要对我做什么。"

我："这么说，那个女人的目的不是爬墙，而是在爬上去后，通过天花板绕到你的头顶上方？"

他："对！我现在才终于明白了，她的目标就是我！我不知道她到底想干什么，会做出什么事来。我真的怕。"

我："你先保持冷静，这件事我也想不到帮你的办法，但是保持一颗冷静的心还是很重要的。要不然，你去看看医生？"

他："可能只有这个办法了。"

那次通话之后，他再没有打过电话来。

后来过了两周，我从院里相关人员那里打听到，在和我通话后的第四天他就死了，死因是心肌细胞严重缺氧导致的心肌梗死。据说他从小就有心脏病，出现这个情况也不意外。

又过了一段时间，我听说，警察从他的茶杯里查出了微量的麻古，那是一种迷幻药，据说是他女友偷偷给他下的，目的是让他对毒品上瘾，然后好操控他。

如果从警方调查出的结果来倒推的话，我似乎能明白为什么他曾经有一段时间会看到门背后的红裙女人了。

但我也会忍不住瞎想，他死之前到底看到了怎样恐怖而绝望的画面？

更重要的是，他的女友称，只给他下过一次麻古，那为什么他连续数月都看到了那样诡异的景象呢？

是他的女友在撒谎，还是说他的死其实跟女友下的药毫无关系？

恐怕我永远无法知道答案了。

三十三、心里种下一颗种子，哒啦滴答啦

她是我见过的最善良的女人。当我听完她的故事后，觉得她简直就是观音在世。

她曾经因为多次献血导致血管破损；在丈夫去世后，她把自己的家产捐了个七七八八，而自己租住在一间30平方米的小房子里；她曾经因为在火车上捡到一个钱包，而寻找失主三百里；在路上看到成排倒下的共享单车，她也会上前将其一一扶起；看到被风吹到地上的被子或者衣物，她会捡起来重新挂上晾衣竿；她略懂医术和按摩，能给一些生病但缺钱治疗的低收入人群免费提供简单的治疗。

因为频繁做善事，她一度被亲人认为精神出了问题，从而把她送到医院里就诊。当然，诊断的结果是，她的大脑和精神都非常正常。

她做的善事如此之多，以至于她在居住的小区附近都出了名，不少人为她送上了助人为乐的锦旗，也有人偷偷地捐钱给她，但被她拒

绝了。虽然生活拮据，但是她并不感到失落或焦虑，恰恰相反，她的精神世界似乎非常富足，富足到对物质需求极低。

我对她行善的事迹非常感兴趣，所以找到了她。我特别想了解她内心的想法，她为何会频频行善，又如何看待自己的行为对他人的影响。我很想把她的想法记录下来，传播给更多人，让更多的人学习向善。

我："姐姐你好，您方便抽出点时间接受我的采访吗？"

她："可以的，没问题。"

她大概三十五六岁的年纪，穿着一件比较简单的白色素裙，一头乌黑柔顺的长发扎在脑后，这让她看起来极有亲和力。她的身上既有未褪的青春气息，又有母亲般的温和慈爱。和她对话的时候，我感觉整个世界都是明亮的。

我："姐姐，您的事迹我有了解过。您帮助了很多人，这让我非常触动。"

她："那些都不算什么，就是路上碰到了，随手帮一下而已。"

我："可是，我听说您把家产差不多都捐给了需要帮助的人。您怎么能做到这样无私善良的呢？我想了解和记录您内心的想法，告诉更多的人，让他们也能像你一样有一颗向善的心。"

她："真的没有你想的那么复杂。做善事不是什么了不起的事，其实对我来说就是随手帮一把。你说我把家产捐了，对我来说也真不是什么大不了的事。你想啊，一个人本来就是赤裸裸地来到这个世界上的，什么都没带，死了之后也什么都带不走。钱财这些东西就是身外之物，我只要有足够过日子的钱和物就够了，至于剩下的那些东西，根本就用不着，既然这样，为什么我不把钱财捐给那些急需用钱的人呢？"

我："您的人格实在是太高尚了。不过我想问一个敏感的问题，如果您觉得不方便的话，可以不回答。"

她："没关系，你问吧。"

我："我就想知道，您做了那么多的善事，帮助了那么多的人，那些被您帮助的人会反过来感谢或者帮助您吗？又或者，他们会被您感染，然后去帮助其他人吗？"

她："这个啊，其实我知道的不多。但是就我知道的，感谢我的人是有一些的，但是反过来帮助我的人倒是不多。当然，我也不需要什么帮助，我现在生活得很好，简单又清净。至于被我帮助的人会不会去帮助别人，我也没有怎么关心过，也没有去特地打听过。如果他们能帮助别人，那当然是好事；如果他们没有帮助别人，也没有关系。人活在这个世界上就已经非常不容易了，每个人做自己力所能及的事情就可以了，不用特地去做超出自己能力范围的事。"

我："听了您这话，我更加崇敬您了。"

她："不用太崇敬我，我真的没有那么特殊，就是一个普通人。"

我："可是这个世界上像您这样一心行善的人真的很少。我想问问，您是什么时候开始做善事的呢？是从小就有这样的习惯吗？"

她："呵呵，既然你这么问了，那我就说了。你说得不错，我从小就喜欢做好事。从小学到大学毕业，我都有参加一些志愿服务活动。我喜欢看到别人被帮助后露出开心微笑的样子，我觉得那样的笑容很阳光、很美丽。每当那时候，我都会感到自己的心里有一股说不出的温暖。我觉得那种温暖，就是我这辈子所追求的，那种感觉比碰到什么好事都更让我感到欣慰。"

我："那有没有什么契机让你开始做好事的？比如，你记忆中第一次做好事是在什么时候？"

她："契机是有的，但是我记得不太清了。因为那时候我还很小，我也是听我妈说的。"

我："那是什么样的契机呢？"

她："那是在我刚出生的时候，医院起了一场很大的火，很多人都在火灾里丧生了，但是有一个护士抱着我冲出了火场，救了我。后来我妈妈对我说，如果不是那个护士，我一出生就没命了。"

我："原来是这样啊……您因为那个护士的善心而活了下来，所以您现在才会做善事，这也是对这个世界的一种回报吧？"

她："算是吧。"

我："那在您小的时候，您身边的同学或者朋友会对您有一些特殊的看法吗？或者说，除了喜欢做善事之外，您觉得自己还有什么地方和别人不一样？"

她："我真的没有那么特殊。非要说有什么不一样的话，大概是我在做好事之后，能够隐隐约约看到一些种子吧。"

我："种子？"

她："嗯。小的时候，我就有一种比较特别的感觉，每次做好事的时候，总隐隐约约地能看到自己身上好像有一枚种子撒了出去，撒到了被我帮助的人身上。当然，哪怕我不知道那个被我帮助对象的具体身份，我还是能够模糊地感觉到我的种子是撒到了那个人身上。"

我："这算是您的一种特异功能吗？"

她："也不算吧，只是一种非常浅淡的感觉。那些种子也不是那么清楚，我只能隐隐约约地看到它们，它们好像存在，又好像不存在，也可能只是我的错觉。而且，那种感觉不会持续太长时间，很快就消失了。"

我："这让我想到了'善因'，或许，您看到的就是'善因'。"

她："或许吧。但是我并不在乎这些。"

我："您信什么宗教吗？"

她："没有特地去信，并不是虔诚的信徒。"

我："那我还想再问您一个问题，现在社会上的很多人做善事都是讲条件的，是需要回报或者收获的。您怎么看待这个现象呢？您觉得人们应该对帮助他人的行为持什么样的态度或者价值观呢？"

她亲和地笑着说："善良就像种子，随风撒下一粒种子，你又何必在意它在哪里生根发芽呢？"

她的善心太过纯粹，她的人生境界也太高，以至于我这样的普通人，有时候很难理解她的内心世界。在和她交谈的整个过程中，我能够充分感受到她那份发自内心的善意。

在这个复杂的世界，我觉得她这样的人弥足珍贵。我希望她的事迹被更多人知道，哪怕只是多一个人听到她的故事，我也算悄悄地播撒了一粒善良的种子吧。

三十四、内卷只会让人类毁灭

那天，我跟一个看起来无精打采的病人聊了一个非常沉重的话题，关于现在年轻人极其关心的"内卷"问题。

他对这个社会的发展比较悲观，认为人类的竞争会变得越来越激烈，内卷程度会变得越来越高，到最后，整个人类社会会因为内卷而灭亡。因此他一蹶不振，觉得做什么事都没有意义，更没有动力。他甚至尝试过自杀，不过被他的妹妹及时发现并送进医院，让他捡回了一条命。但是即便如此，在之后比较长的时间里，他的情绪依然是低落的。

我觉得他的表现太过极端，思想也过度消极，但是和他谈话还是能够获得一定启迪的。因此，我把与他聊天的过程记录了下来。

让一个极度抑郁的病人开口真不是一件容易的事，和他耗费了整整五个小时，我才终于"撬开"他的嘴巴，让他对我吐露心声。

他："其实，我现在跟你说什么都没有太大的意义了，人类的结局注定无法改变，我们现在做的任何事情都改变不了既定的结局。就像你从万米高空坠落，不管你摆出什么样的奇怪姿势，最后也改变不了摔在地上变成肉泥的凄惨结局。我不想浪费你太多时间。"

我："我不觉得听你说话是浪费时间。我对你的想法很好奇，你不妨跟我说说吧。"

他："其实我的想法也没什么，特别简单。就是人类社会已经无药可救了，整个社会的内卷越来越厉害，最后，人类会因为内卷而毁灭。"

我："内卷大概等于社会竞争。你的意思是，人类社会会因为剧烈的社会竞争而走向灭亡吗？"

他："内卷和竞争的意思相近，但是略有不同。简单来说，竞争强调的是两个主体之间的竞争关系。但是内卷强调的是竞争主体无法找到向外扩张的新出路，只能在有限的资源下进行内部自耗性竞争，最后双方不断追求更极端的竞争方式，而这种竞争方式是一把双刃剑，虽然会让自己在竞争中暂时占据优势，但杀敌一千自损八百，自己也会走向末路。"

我："你是基于什么样的观察而得出这番言论的呢？"

他："这个社会不就是这样发展的吗？举个例子，电影放映厅里，前排的观众突然站了起来，导致第二排的观众视线被阻挡，于是他们也不得不站起来。而第二排的观众站了起来，又阻挡了第三排观众的视线，于是第三排的观众也不得不站起来，而这又阻挡了第四排观众的视线……依次类推，最后整个电影放映厅里的观众都站了起来。最终，虽然所有观众都能看到电影，却付出了本来不必付出的代价。大家本来都可以舒舒服服地坐在椅子上看电影，何必非要站起来呢？"

我："这要怪第一排站起来的那些观众素质太低吧？"

他："但是你有什么办法呢？在现实中，你无法阻止那些站起来的低素质观众，这就是内卷的根源啊。再举个例子，一开始，所有公司都严格执行955工作制，员工都过得还算舒服。之后，其中一家公司为了增加业绩，让自己的员工每天增加一个小时的工作时间，于是，他们公司的产量上去了，因此获得更多利润。公司老板用这多获得的利润去投资更多产品，去收购更多小公司，于是，这家打破了规则的公司越做越大，很快变成了严格遵守955工作制度的市场上的巨无霸，很多小公司都打不过它，只能被它收购。为了避免被打垮，其他原来遵守955工作制的公司也开始增加员工的工作时间，于是各家公司之间的竞争优势又被拉平了。但是，个别公司开始进一步增加工作时间，再一次获得了市场竞争优势，原本平衡的天平又一次被打破。无奈之下，其他处于劣势的公司又不得不增加工作时间，于是新一轮的加班时间增长浪潮又开始了……这样增加加班时长的竞争会一直持续下去，直到工作时长超过人体极限，等员工再也受不了了才有可能停止。"

我："这个话题可真够沉重的。不过，正像你说的那样，我们普通人又能够改变什么呢？我们只能在这个竞争激烈的社会里，尽量寻找让自己舒适的方式罢了。"

他："可是我做不到像你这样忘却结局啊。我不能眼睁睁地看着人类社会这艘大船一头撞向冰山，却什么都不去做。我曾经在网上写过各种关于内卷危害的文章，可是无济于事，根本就没有人听到我发出的声音，所以我很绝望。我已经看到了人类社会内卷到极致后的末日，却什么也做不了，唉。"

我："人类社会内卷到极致的景象是怎样的？"

他："跟地狱一样让人痛苦和绝望。一开始，是社会上因为内卷，猝死和失业的人越来越多。当然，一些国家和政府会颁布法律尝试改变这样的趋势。可是，内卷是整个人类都在进行的，一些国家禁止员工加班、禁止公司之间内卷，但另外一些国家如果鼓励内卷，那它们的发展速度就会超过前者，国力就会变强，从而对前者造成威胁。最后，所有国家不得不一起拼了命内卷式发展。这是一条几乎没有尽头的道路。在未来的一段时间里，一些内卷能力不够的国家会慢慢衰落，甚至毁灭；再之后，内卷的国家中相对不那么内卷的又会衰落……这样持续下去，最后存在的就是一个内卷到极致的国家，而且那个国家已经是苟延残喘、风中残烛了。"

我："不过，我好像从你话里找到了一个解决之道。按照你的说法，内卷的本质其实是国家之间的竞争，一些想要占据优势的国家为了避免落后而在拼命燃烧潜力。既然如此，如果未来人类世界有一个最内卷的国家战胜了其他'偷懒'的国家，统一了整个世界，那这个国家不就可以颁布法律禁止内卷了吗？人类内卷导致的末日，或许并不会像你说的那样到来。"

他："那你可想得太过简单了。在到达你说的某个极致内卷的国家征服全世界之前，全人类就已经灭亡了。人类社会的内卷，就是一个饮鸩止渴的过程。我刚才说，人类的内卷会控制在人体极限之内，但是每个人的身体极限是不同的，一些承受能力弱的人会先被淘汰掉，只剩下那些承受能力强的人，人类社会会迎来人口锐减。但是，这还不是最可怕的。最可怕的点在于，现在人类社会的内卷是通过消耗生育潜力进行的。人体极限，那是理论上的物理极限，是已经极限到不能再极限的终点，但是在那之前，人类就会因为加班过度牺牲掉繁衍后代的机会，进而走向灭亡。在那种极端内卷的社会里，生育率会暴跌，人口会大幅度减少，人口老龄化日益严重。等到处于内卷状态中的人们回过神来时，会发现自己已经过了生育年龄，无法正常孕育下一代了。于是，等待所有人的就只有灭亡，绝对的灭亡。这就是悲剧的结局。而产生这个悲剧的根本原因是什么呢？是人能够工作的年龄要比人能够生育的年龄长得多。女性一般到了四十岁就很难再正常生育了，但是一个女性的退休年龄却可以到五十岁以后，比最迟生育年龄多出十多年。因此，在正常退休的情况下，人类的内卷可以持续到五十岁以后，这比最迟生育年龄大得多。最后等待人类的结局，就是只知道内卷的人类因为无法繁衍下一代而全部孤独终老。这就是人类社会的末日，孤独而绝望的末日，而这是注定无法改变的。我看到了那样的结局，所以我难受、痛苦。可是，我还是无力挽救。"

说到后面，他已经泣不成声。我安慰了他很久，他也没有停止哭泣。我认为，他还是希望做一个能够热爱自己生活的人的。

人类社会会内卷到他说的那个地步吗？我无法下定论。但是，通过和那么多精神病人交流后，我认为，人类中间隐藏着很多天才。

或许，那些如疯子般的天才会想出不可思议的办法，改变人类的命运吧。

三十五、我有一座魔法学院

《欧洲精神病学》杂志曾在尼日利亚进行过一项小样本的研究，这项研究表明，精神分裂症患者做噩梦的比例明显比常人要高。

当然，不同的精神分裂症患者，做的噩梦的类型也不相同。我就见到过这样一个病人，他做过一个非常诡谲奇妙的噩梦。而在我所采访的所有精神病患者之中，他是给我最多灵感的人。他也为我的委托人提供了最喜欢的一个世界观，甚至委托人后来所做的游戏中的一部分特色和玩法，就来自这个患者的故事。

他："有时候，我分不清自己所在的地方是现实世界，还是梦里的世界。"

我："庄周梦蝶？"

他："有点像，但是庄周梦蝶是美梦，我做的却是噩梦，让我窒息的噩梦。"

我："那是什么样的噩梦？"

他："在梦里，我被困在了一座教堂一样的恢宏建筑之中。看外观，那座建筑很像威斯敏斯特教堂，但是却比它宏大得多，也阴暗得多。这座建筑好像一直被笼罩在阴云之中，终日不见阳光。"

我："为什么会梦到这座建筑呢？你参观过威斯敏斯特教堂吗？"

他："没有，但是我以前写小说的时候写过一个以威斯敏斯特教堂为原型的魔法学院，叫作圣莱克学院。我曾经拿那部小说去投稿，投了多家出版社，但都被退了回来。编辑们的评价非常一致，都说我的小说写得太过粗糙，不论是场景描写还是情节设置，都太过简单、草率。当时我受了很大的打击，就把小说全文删除了。我没有想到的是，小说里的那座魔法学院后来进入我的梦里，每夜准时准点把我囚禁在学院所在的土地上，不管我用什么办法都出不来。"

我："这应该是你太喜欢那部小说了，被编辑否定了才能之后，你的内心难以承受打击才导致的吧。也许你去写点其他作品，或者换一份工作、换一个兴趣爱好，这种情况就能缓解。"

他："问题是我做不到。我的那本小说十年前就被删了，后来我又写了二十多部小说，有些销量还不错。后来我不再写小说，而是去做了一名语文老师。可是，那座学院还是会每天出现在我的脑海里，而且里面的场景也越来越清晰。甚至，因为它的出现，我清醒的时间也变得越来越短。"

我："清醒的时间变得越来越短？"

他："是的。最开始的时候，我就是正常做梦，虽然梦境内容有些单调，但是对我的生活影响不大。但是现在，我差不多每天都要睡上十二个小时才能醒来。我不得不极大地压缩工作、用餐和做其他事的时间，这样才能抢回被做梦耽搁的那些时间。可是这也不是解决问题的办法，因为我做梦的时间还在增长，再这么发展下去，我就要丢掉工作了。"

我："那个梦里还有其他元素吗？只是建筑，还是说有其他人？"

他："有人的，但是我始终看不到他们。我能够听到他们窸窸窣窣的说话声，用我听不懂的语言，但我就是看不到他们，连影子都看不见。他们就像隐形人一样。"

我："就像……鬼？"

他："还真有点像，但是我感觉又不是。当然，这只是感觉。"

我："你一直没有找到被困在那个魔法学院里的原因吗？"

他："我现在已经猜到了原因。"

我："什么原因？"

他："解开学院的谜题。"

我："学院的谜题？什么谜题？"

他："就是把那座魔法学院历史上发生过的所有事件全都记录在一本魔法笔记本里。把那本魔法笔记本写满，我就算解开了谜题。"

我："那你解开谜题了吗？"

他："解开了一些，但是越解，我发现情况越不对劲。"

我："怎么不对劲？"

他："我发现这座魔法学院的秘密似乎是无限多的。"

我："无限多？怎么可能无限多呢？那座魔法学院的面积总归是有限的吧？那它藏着的谜题怎么可能是无限多的呢？"

他："因为谜题本身会繁衍，一个谜题会繁衍出新的谜题来。你听我说吧。一开始，我在这座魔法学院里面随便逛，我觉得这就是一栋普通的建筑，只不过外观看起来非常恢宏壮观。但是等我在里面逛了几年后，却发现事情没有那么简单。我发现学院里到处都藏着机关暗道。"

我："机关暗道？"

他："对啊。有一次，我无意间发现这座学院的一栋宿舍楼是空的，已经荒废了多年。我在空楼的每一个房间里摸索，最后在五楼尽头的一个房间的壁橱里发现了一个洞。钻进那个洞，我发现自己到了一个神奇的密室。那个密室里，有一件女巫穿的黑袍，地上还有一个青铜面具，此外，密室里的柜子上还摆放着各种各样的魔药。后来经过我的推理，我认为这个密室是学院里的一些老师偷偷进行邪恶魔法实验的地方。在解开了这个谜题之后，我第二天的睡眠时间居然缩短了一个小时。那时候我才意识到，只要找到这个学院更多的秘密，我可能就不会再被噩梦缠身了。于是我继续在魔法学院里摸索。后来，我发现学院的后山上有一个神秘的山洞，山洞的深处有很多坟墓。看了墓碑上的名字之后，我才知道这些坟墓里埋葬着古代的一些著名英雄。在古代，学院的后山山洞是埋葬英雄的英灵殿。再之后，我又在山脚的一座小庙里发现了一口古井，钻进古井里，发现学院的地下居然有一座地牢。后来我知道，魔法学院在建校前，其实是一座关押犯人的监狱，只不过有一位被冤枉入狱的贤者，在监狱里依然坚持教给罪犯文化知识，因而感动了当时的国王，所以被释放出狱。后来监狱拆除后，那位贤者在这里建造了魔法学院。之后，我又在学院的喷泉下发现了一座地下廊道，那里曾经是一座小型博物馆。在那里，我看到了一道门，门是打开的，人却无法进入，任何进入门里的人都会被两倍速弹出来。那里还有太阳和圣杯的标志，后来我才知道那是藏古籍的地方。"

我："这座魔法学院的密室暗道也太多了吧？"

他："这还只是开始呢。后来我又发现这座学院的天空中飘浮着一座飞盘状的图书馆，那里藏着数量近乎无穷无尽的魔法书籍，是魔法世界历史上最伟大的魔法师藏在那里的。而这座图书馆，是我之前几年一直没有发现的。魔法学院内还有一个大湖，名字叫'圣湖'。后来，我为了离开梦境，特地跳进了湖里。结果我发现湖底深处居然有一座沉船，而在沉船的底部，居然还有一颗正在孵化的上古恶魔的卵。我破坏了恶魔的卵，逃出了沉船。这时候我才知道，原来在几千年前，魔法学院所在的区域是一片海洋，所以才会有沉船。再之后，我又发现湖底下还有一座巨大的迷宫，里面有着重重机关，我好不容易才逃了出来……后来我知道那座地下迷宫是更古老的矮人文明留下的遗迹。再之后，我又探索了魔法学院的温室，却发现温室尽头的一棵树下居然也有神秘通道，可以通往神秘的地下植物园。在地下植物园里，我看到了很多骷髅头，原来那里藏着会吃人的食人花。当然我说的这些发现，不过是这座魔法学院无数秘密中极小的一部分而已。我后来还发现了很多更惊人的秘密，比如，建筑楼体内部其实还有一个里学院，那里藏着很多海盗时代的宝藏。当然，学院里的油画也有秘密，一些油画是可以打开的，里面有神秘的房间，这些房间是武器库。原来在更遥远的时代，魔法学院还被做过练兵场。学院的厨房也有秘密，厨房旁的盔甲下面有个通道，可以去一个巨大的饲养场。学院的钟楼也有秘密，顶部的阁楼曾经是吸血鬼的聚会室。学院的舞蹈教室后面还有一个镜子屋，里面摆满了镜子，每一面镜子居然都可以映照出未来不同的可能性。后山的树林也有秘密，一些树的树冠上住着精灵，它们有自己的树上王国。学院里还有信鸽房，鸽房里的鸽子其实都是冤死者的灵魂变的。学院操场中心有一座只有下雨天才能看见的隐形小城堡。圣湖的中央还有一座只有满月才会出现的小岛，岛上有世界上最名贵的蓝宝石；不同的季节，圣湖上还会出现一些更小的岛屿，有的是月牙岛，有的是火山岛，而在其中一座黑色的最终之岛上关着一只漆黑的大鸟。学院门口还有废弃的车站，据说运气好的话，能在那里乘坐幽灵列车，可以通往神秘世界。魔法学院的六个边角，都能看到神秘的小白塔，把这些白塔连起来，可以组成一个魔法阵，据说可以把魔法学院传送到遥远的过去……"

他细细地讲述着自己在那座魔法学院里发现的秘密，根据他的说法，他已经发现了55个秘密，涉及魔法世界历史上10个不同时代的历史真相。但是，他发现的这些秘密，依然只是冰山一角而已。

他："我日复一日地在学院里摸索和寻找，发现了不计其数的秘密，但是越是寻找，我就越是绝望。就像之前说的，我发现这座魔法学院里的秘密是无穷无尽的。每一把钥匙都藏着秘密，每一个汤勺都带着故事，每一个壁炉可能都通向一个秘密房间，每一棵古树都可能暗藏玄机。而且越是到后期，想要发现新的秘密就越难，也越是需要更复杂的密码、更繁杂的仪式、更巧妙的步骤、更离奇的想法。比如，午夜十二点在音乐教室门口沿着阶梯往上走七阶，再往下走三阶，再往上走两阶，再往下走五阶，就可以进入一个完全不同的音乐教室。在那个音乐教室里，可以看到过去历史上的音乐家们在里面演奏。这样的秘密一般人是很难想到的。又比如，把餐厅中央的时钟顺时针转三圈，逆时针转七圈，就可以让魔法学院里的石像们都复活。

再比如，让喷泉以不同的高度喷射，可以改变魔法学院上空的天气；在许愿池里丢进一定数量的钱币，就可以跟历史上不同的人交流；按顺序抚摸学院门口的石狮子，就可以进入一个神秘的地下斗兽场；搜集散落在学院各处的魔法道具，就可以打开学院里一直封锁着的水晶金字塔，在金字塔的最深处可以发现一具水晶棺，里面躺着一个黑裙巫女；按照一定规律踩着后山瀑布下的石桥前进，就可以进到一条神秘裂缝里，在里面可以遇到由萤火虫组成的萤女；等等。魔法学院里的秘密无穷无尽，犹如满天繁星般难以计数。"

这座有着无尽秘密的魔法学院让他如此痛苦，以至于他恨不得结束自己的生命。在长达一个半小时的交流里，他多次提到，只要他别出心裁地去进行一些尝试，总是能够在这座魔法学院里发现新的秘密。

那是一座明明土地面积有限，却随时随地能发现新秘密的魔法学院，充满了让人浑身发寒的神秘感。可是，他的灵魂却似乎被困在了这座魔法学院之中。要到何年何月才能够掌握魔法学院所有的秘密？没人知道，包括他自己。

最初是他创造了那个离奇的魔法学院，到了最后，却是那个神秘的魔法学院主宰了他的人生。

或许，直到现实里的他饿死之前，都将永远在那座神秘的魔法学院里探索下去。

三十六、蚁后死亡，蚁群就灭亡

他："人会患病，国家也会患病。每个王朝在灭亡之前都会有一系列的征兆，就像一个人患绝症之前总会有各种各样的症状。"

说上面这番话的人是"王朝诊断家"，这是一位怪人。他每天都在研究各个国家的历史和当今世界各个国家的"健康状况"。

他曾经是一名高中历史老师，因沉迷于自己的研究导致多次缺课，最终被学校辞退。之后，他依然沉迷于自己的研究，并且在多本杂志上发表了研究论文。当然，都是一些不入流的期刊，他的研究论文从来没有登上过核心期刊。

不过，我对他的研究非常感兴趣，所以找了一个比较空闲的下午，对他进行了采访。

一开始，他就大谈特谈。

他："你问我研究的是什么，我研究的就是国家的'健康状况'，就跟人的身体状况一样。"

我："你是怎么研究的？"

他："搜集各种资料、文献，研究各个国家的历史，有时候我还会去国外看看，进行实地考察。当然，我也会跟不同的专家学者交流，了解不同国家的发展情况。总之，渠道很多，只要你足够关心，就能了解。"

我："这和给人看病差别还是挺大的。"

他："差别是有，但是万道归一。什么事到了最后，道理都是相通的。就像人类社会跟蚂蚁社会，本质上也是一样的。"

我："人类社会和蚂蚁社会是一样的吗？"

他："你了解过蚂蚁王国吗？"

我："没有了解过。"

他："那你知道，当一个蚂蚁王国的蚁后死亡之后，这个蚂蚁王国的其他蚂蚁们会怎么样吗？"

我："它们会走向灭亡吗？"

他："是的，绝大多数蚂蚁都会走向灭亡。因为蚁后一旦死亡，就意味着蚂蚁王国失去了统领者，蚁群会变得混乱，王国就会慢慢衰落，最后彻底灭亡。当然，也有少部分蚂蚁王国，可能会从别的地方找来新的蚁后，从而让自己的王国延续下去。"

我："可是，人类社会不是这样的。在人类社会中，每个个体都有繁殖的能力，不像蚂蚁王国那样，只有蚁后才拥有繁衍后代的能力。"

他："但是道理是相通的。人类个体的确具有繁殖能力，但是人类社会的统治者也会颁布很多控制人口增长的条例。比如，罗马帝国、大秦帝国都采用人头税来控制人口的增长。这其实和蚁后控制繁殖数量是相似的。而且，蚂蚁的繁殖是需要资源来支持的。在蚂蚁王国中，蚁后负责资源分配。最初一批工蚁完全靠蚁后所携带的能量生活。因为在最开始，封闭的巢穴中是没有能量补充的。而在人类社会之中，蚁后作为蚂蚁王国的核心掌权者，以它为中心来分配资源。当一个国家的核心掌权者死亡或者无法稳定执政的时候，整个国家就会变得动荡，一不小心就有可能走向灭亡。但是不要认为国家动荡就是不好的，其实国家动荡、门阀之争就相当于工蚁们寻找新蚁后。蚂蚁王国的工蚁们为了延续王国的生命，会去其他蚂蚁的地盘寻找、抢夺蚁后，这和人类社会寻找'新的统治者'，或者等待'圣人出世'是一样的。"

我："听你这么一说，人类社会的确跟蚂蚁社会有一些相似之处。"

他："是的。不过，人类社会要复杂得多，只是靠研究蚂蚁来研究人类，那是远远不够的。所以后来，我又尝试着用'王朝生理学'来研究国家的发展情况。那就是把一个国家看成一个人体，来研究它的健康指数。而当一个国家走向灭亡的时候，就会像人体走向衰老一样，出现各种各样的健康问题。那个时候，这个国家就会过得相当艰难。"

我："会出现哪些问题呢？"

他："各种类型的问题都有，历史上常见的有宗教纷争、党派之争、内部动乱等。还有比如利益分配不均、阶级固化导致下层阶级人口减少甚至灭绝，又或者是种族、民族的分裂，等等。最关键的是，一旦一个毛病出现了，想要去修复，那是非常困难的。这就好比一个水桶，其中有一块木板短了，你去从别的长一点的木板上锯下来一部分，移接到短的那块木板上面，但是又会导致新的短板出现，拆东墙补西墙始终不是长久之计。比如，某个国家的某个团体因缺乏资金而闹事，政府为了安抚这个团体，就给他们拨了一笔钱，让他们不再闹事。但是这笔钱呢，肯定是从别的团体拿来的。这就是拆东墙补西墙，跟从一家银行借钱还另外一家银行的贷款是一个道理。到了最后，这种拆东补西的游戏进行不下去的时候，就只有两个办法：一个是国家找理由除掉'放款人'，另一个办法就是引发战争，撕毁契约，翻脸不认账。而一旦战争爆发，就有可能导致整个国家被摧毁。这就是'王朝末期综合征'了。一个国家到了存续的末期，就会出现各种各样的怪事，那就是覆灭征兆。比如，到了王朝末期，一个国家的掌权者可能对权力集团的控制力度越来越小，统治阶级的信用值不断下滑，小团体抱团现象严重。当然，出现这些乱象的根本原因，在于核心的掌权者凝聚人心的能力急剧下滑了。"

我："那是否有缓解这种情况的办法呢？"

他："办法是有的，历史上不少国家都有中兴之主。本质上来说，就是找到一个能力极强的新掌权者，他能快速凝聚社会共识，稳定各方的人心。继续拿之前银行贷款的例子来说，如果有一个能力很强的中兴之主，可以说服所有银行适当承担一点损失；之后，这个中兴之主只要给所有银行承诺一个比较美好的未来，给所有人指明一个新的方向，自然就能够稳定住所有人了。但是这种情况是比较少见的，就像不是所有的蚂蚁王国都能够找到新的蚁后来接管自己的国家一样。"

我："不过，你的这种说法会不会太极端了一点？把一个国家的全部命运都交给一个不知道是否有可能出现的'救世主'，太夸张了。难道决定一个国家未来的，不该是这个国家的所有人民吗？毕竟，人和蚂蚁不同的是，每个人都有独立的人格和自由的意志。"

他："当你把国家看成人时，就不会这样想了。人体的基因差不多有四分之三是多余的'垃圾基因'，决定人体性状的基因占比不到四分之一。一个国家也一样，能够决定国家未来的其实只有很少一部分人。"

我："我还是觉得这是一种很偏狭的看法。"

他："如果你觉得偏狭，要么是你的研究还不够，要么就是我的理论还不够完善。当然，我承认我目前的'王朝生理学'研究还很肤浅，不够完善，但是随着研究加深，我想我的理论体系会变得越来越天衣无缝。不过，我也很难保证这个理论体系在未来就一定通用，但我还是会先尝试着去构建，至少对于描述人类过去的历史是有意义的。"

我："你的意思是，人类社会的结构在未来会大变样，导致你的理论体系不适用？"

他："是的，这种情况是有可能的。最大的不确定性因素就是科技的发展，比如人工智能、新的智能生命的出现等等。在我的构想里，如果科技乐观发展下去的话，未来的人类也有可能进入'工业田园社会'，那时候人类的社会情况可能与现在大不同。"

我："什么是'工业田园社会'？"

他："这是我原创的词。简单来说，就是未来随着科技的发展，通用类型的人工智能普遍出现，人类的个体能力会越来越比不上人工智能和高等机器，随之，很多人失业，劳动力过剩，全世界都会迎来失业潮。到那个时候，国家为了保证国民生存，可能会给每个人分配土地，这块土地就类似于过去的田园，只不过这块土地上有的不是农作物，而是各种机械设备和人工智能。如果人类社会能够走到那一步的话，被剥削和统治的对象就是人工智能了，那时候我的理论自然就不一定成立了。"

我："希望那一天会到来。"

他："是，希望那一天会到来。"

采访到最后，我对他的"王朝生理学"理论依然不以为然。他的理论虽然角度很新颖，但是太过武断，逻辑上漏洞百出。但是，我想如果他能够给人类多一个认识自己的视角，总归是好事吧。

当然，如果他的理论是真的，那么我只能希望，在每一个王朝的末期，工蚁们都能找到一个合适的新蚁后吧。

三十七、终极之问：最后的最后会怎样？

　　我叫他"伤心者"。

　　因为他每天都在哭。

　　当别人问他为什么哭泣时，他却只是摇摇头，很少作答。直到接受了一段时间的治疗后，他的状态才稍稍好转，但是他偶尔还是会伤心到流泪。

　　"伤心者"是院里的几个朋友介绍给我认识的。据他们所说，"伤心者"看过文明的最终图景，他对文明和宇宙的认知，在院里所有人之中也是排名靠前的。我对他产生了强烈的好奇心，所以采访了他。而在采访之后，我也切切实实地意识到，他提供给我的灵感远远超过了我的委托人给我设定的目标。可以说，在和他谈话之后，我采访精神病人的任务就完成了。之后我的采访，不再与委托人的委托有关系，纯粹出于我个人的兴趣和好奇而已。

在一个"伤心者"情绪比较稳定的日子，我约了他一起吃中饭，并且拉开了我们之间的交流大幕。

我："我听他们说，在你这里可以得知文明的终极真理？"

他："我这里没有文明的终极真理，只有文明的墓碑。你知道后，会后悔的。"

我："文明的墓碑？那是什么？"

他："我觉得你还是不要多问比较好。虽然我能够理解你的好奇，但是，这是为了你好。在你从我这里得知文明的结局之后，你会觉得活着是一件很无聊的事，这对你的生活不会有什么帮助。"

我："可我就是想知道。我今天带着疑问来，如果没有得到答案，回去也不会安宁的。你可以告诉我你知道的，什么样的真相我都不怕。在你之前，我也见过形形色色的人，他们告诉过我千奇百怪的世界观，几乎每一种世界观都会冲击我的思想体系，但是，我都挺过来了。"

他："好吧。既然你执意如此，那我就把我知道的告诉你。你应该知道我以前经常哭，我之所以哭，是因为总是做梦。"

我："我以前也认识一些做噩梦的朋友，他们都很绝望和悲伤。"

他："我和他们的情况不一样。我做的噩梦是关于灾难的，这些灾难，每一个都可怕到让人窒息，而且都真实地发生在宇宙的某个角落。"

我："这是什么意思？"

他："有一群外星人在向我的大脑传输信息。那些外星人来自一个非常发达的外星文明。"

我来了兴趣，一边记录一边问道："他们向你传输了什么信息？"

他："他们向我传输了他们文明的发展史，还有最后的毁灭史。而且，他们告诉我，他们文明的命运是所有文明都逃不过的最终结局，再发达的文明都必然走向和他们一样的结局。"

我："那是什么样的结局？"

他："自杀的结局。"

我："啊？为什么？"

他："让我从头开始讲这个故事吧。我叫那个文明为'江云文明'。江云文明最初是一个和人类文明非常相似的普通文明，他们的星球上也有月亮和太阳，各种环境、条件都和地球非常相似。当然，和地球不同的是，江云文明曾经遭受过很多劫难。"

我："很多劫难？"

他："是的。江云文明是一个多灾多难的文明，那些灾难无数次把它逼到毁灭的边缘，但是江云文明最后都挺过去了。第一个劫难是'太阳衰老劫难'。江云人生活的宇宙空间是不平整的，这个空间里产生的一块五维空间碎片，撞上了他们的太阳。因为在五维空间里，球形物体的两极会被压缩，赤道区域会突出，整体会被压缩得扁平化，这导致了江云文明的太阳的流体平衡被打破，并且开始急剧衰老。为了避免太阳衰老，江云文明实施了'流浪星球'计划，通过三万台曲率飞行器，让星球前方的空间产生了曲率，最终使星球变成一艘飞船，离开原来的恒星系，并且花费五千年的岁月去了隔壁的恒星系。在太阳衰变的灾难中，江云文明失去了三分之二的人口。在流浪的过程中，江云文明遭遇过数量众多的小行星的撞击，这就是'星陨洪流灾难'。在这个过程中，江云文明又损失了一半的人口。在我做的梦里，我看到无数流星就像银针一般刺入江云星的表面，并且在上面砸出了一团又一团绚烂瑰丽的血红色火花。陨石撞击导致的大陆板块撕裂、地壳破损、火山群连续喷发，让江云星的大海蒸发，整颗星球被灰黑色的灰尘笼罩。那样的画面实在是太过壮烈和凄惨了。但是更凄惨的还在后面。到达了新的星系之后，江云人本以为会有新的太阳，但是他们很快发现那个星系有着密度极高的星云尘埃，这种尘埃导致星球无法正常公转，在公转过程中会不断地减速，最终掉进恒星表面。为了避免星球减速带来的'星云减速灾难'，江云文明放弃了在行星表面生存的方案，而是在新太阳的周围建造了无数太空城，制造出了围绕恒星的'戴森云'巨型飞船以延续文明。在这个过程中，江云文明又失去了四分之三的人口。"

我："的确是个多灾多难的文明啊。"

他的眼中闪烁着泪花："但是这一切还没有完，灾难还在不断到来。之后江云文明遇到了一团无意间经过的宇宙原初微型黑洞，这种黑洞会导致空间不稳定。面对'微型黑洞灾难'，江云文明不得不制造了数亿艘曲率飞船把整个太阳系都搬走。又过了9876年，江云文明遇到了一根穿过星球的'宇宙绳'，那是宇宙诞生初期就存在的高质量天体。它击中了江云文明'戴森云'的中枢系统，造成了停电灾难。这个过程使江云文明又失去了五分之四的人口。'宇宙绳灾难'是对江云文明繁荣度的又一次打击。"

我："这样的文明也太过可怜了！"

听他讲述江云文明的过往岁月，我不禁感慨万分。

他擦了擦眼角，继续道："但这仅仅是一个开始而已。江云文明后来又发展了数百万年，在这个过程之中，还遭受了不计其数的灾难。比如，'类木行星聚变灾难'，具体表现是和其同星系的巨大类木行星突然因为流体不稳定而发生了爆炸；物理法则层面的'时空曲率局部不均匀灾难'，江云文明所在的星系变成了黎曼曲率为正的膨胀空间，导致文明生态城的大量分子结构破碎；'膜碰撞灾难'，来自其他平行宇宙的宇宙膜的一个触角恰好挤压到了江云文明所在的区域，导致江云文明所在的空间出现了高能辐射现象，局部温度急剧升高，江云文明的民众不得不又一次逃亡；'大数定理失效灾难'，因为空间稳定性被打破，时空的局部数学法则也出现了变化，物质的随机性大大增强，周期性几乎消失，导致江云文明的子民溃散成无数无序的基本粒子。还有'量子空间破碎灾难'，因为进行微观实验时，江云文明不小心激发了一根宇宙弦，导致普朗克尺度的丘成桐空间突然扩大到宏观尺度，江云人生活的区域变成了'P进制数'法则掌管的区域……"

我："'P进制数'法则指的是什么？"

他："这个你不用深入了解。简单来说，就是宇宙某些区域的规则发生了质的变化，在那些特殊的空间里，距离这个概念也发生了变化，那里没有日常地球人常识中的大尺度空间的物理距离。在那样一个世界里，任何生命都不能前进，因为每当一个生命体迈出一步，他与原点的距离要么保持不变，要么变得更小；在那样的世界里，所有的三角形都是等腰三角形；那个世界里也没有大小的概念，因为p进制数域上没有合适的序关系。江云文明的大部分子民就那样被永远困在了'P进制数'法则主宰的数学宇宙之中，无法脱离。这之后，他们还遭遇了'宇宙能量流灾难''反物质宇宙碰撞灾难''暗物质异变灾难'‘黑洞团袭击灾难'‘白洞喷射灾难'‘磁单极子小宇宙爆炸灾难'等五十多种灾难。"

听着他对江云文明漫长的苦难岁月的讲述，我不禁唏嘘、感叹，虽然他说的不少灾难都非常晦涩，涉及的很多专业术语我压根儿听不懂，但是我能够感受到江云文明挣扎求生的不易。而且，如果这些灾难都是他想出来的梦中故事，那他想要编出这么多故事，也是非常不容易的。

至少，当他列举完了江云文明遭受的种种灾难后，我已经心生感慨：能够从这无数人类连想都不敢想的宇宙级灾难之中存活下来，江云文明已经强大到了什么地步啊！

我："我大概知道原因了，江云文明面临的并不是某一个具体的灾难，而是一连串的‘灾难群'。"

他："是的。江云文明很倒霉，但是非常顽强，在经历了数百万年的无数灾难之后，不但没有衰退，反而一次次浴火重生，变得更加强大。在重重重压下，他们从最初蜷缩一隅的小文明，渐渐发展成星系级文明，又发展到河外星系级文明，再发展到跨河外星系团级文明，最后成功发展成为宇宙级的高等文明。到了这个级别，已经没有什么灾难能够让江云文明毁灭了。"

我："宇宙级的文明已经是神一样的文明了吧？他们岂不是已经成为宇宙主宰了？"

他："某种程度上来说，江云文明的确已经接近了宇宙主宰的高度，几乎无所不能。没有了能源和资源的担忧，没有了生存空间的忧虑，江云文明可以自由自在地分享记忆，体验别人的人生，甚至可以回到过去改变历史，或者去其他多元宇宙。江云文明有着‘纤维丛计算机'，可以预测遥远的未来；有'天谕计算机'，可以破解任何数学难题，计算出任何想要的结果，也可以发明制造出任何想要的设备、工具；江云文明还有着某种等价于'超光速'结果的航行技术，可以短时间环绕任何宇宙。"

我："但是你说了，这个文明最后还是自杀了，那是为什么呢？真是太奇怪了。难道是因为内部战争？不过这似乎不太可能，文明的战争本质上来说无非是为了抢夺资源，生存资源、土地资源、能源，等等。对于江云文明这样的宇宙巨头来说，根本不存在抢夺资源的理由……"

他："并不是。江云文明自杀的原因是游戏，他们毁于玩游戏！"

我再一次被震惊到了："啊？玩游戏？这是为什么？"

他："无限接近于神级文明的江云文明，已经有了创造宇宙的能力。因此，江云人已经分不清虚拟世界和真实世界了。分不清虚拟宇宙和真实宇宙的他们开始互相残杀，然后自灭。"

我深深吸了口气，他所描述的江云文明的毁灭原因，彻底震撼了我的心灵。

他："当文明解决了饥饿、能源、污染、竞争等问题，获得宇宙的终极真理之后，需要面对的最后一个问题就是无聊。"

我："无聊？"

他："是的，江云文明在获得了宇宙的终极真理之后，对一切已经厌烦了。美女的扭腰舞蹈，不过是一堆弦的振动；所谓繁殖欲望，不过是神经冲动……当所有问题都被解决之后，江云文明的每一个成员都陷入了虚无主义。越来越多的成员觉得看透了一切，活着没有意思，也没有意义，他们开始大规模自杀。为了维持文明不毁灭，他们又研发出了跟真实世界几乎没有区别的虚拟世界，让所有人进入其中冒险，通过给自己设定游戏目标和积分排位等方式，制造出短期的生存目标，从而维持他们的生存欲望。但是问题在于，他们设计出的虚拟世界，和真实世界几乎没有分别。这就导致虚拟世界之中的战争和屠杀扩散到了真实世界，最终，江云文明的人们狂笑着互相残杀。直到文明被毁灭之前，他们还以为自己是在玩游戏。这次毁灭事件，我称之为'无聊灾难'。"

沉默。

漫长的沉默。

"伤心者"所讲述的江云文明的结局，让我陷入了漫长的沉思。

他："战胜了无数的宇宙级灾难，一步一个台阶从小文明升级为神级文明的江云文明，居然最终毁在了'无聊灾难'之上，毁在了'生存无趣'这一终极之问上，这何尝不让人扼腕叹息呢？但是反观现实，人类文明又何尝不是如此？随着时代的发展、技术的进步、物质资源的丰富，对于星空和知识的向往正在不断削弱，越来越多的人沉迷于游戏、电子设备和虚拟世界，互联网上甚至出现了'开发火星不过是为了在火星上看小姐姐跳舞'这样的言论。人类对于现实无趣性的躲避，或许才是文明长存的终极阻碍。"

我："那你觉得……人类文明以后会走上和江云文明一样的结局吗？"

他抿了抿嘴后，小声道："肯定会的。无聊，才是任何文明都不得不面临的终极之劫。"

我："或许吧……但是对我来说，那是非常遥远的未来，已经不在现在的我能够思考的范畴中。话说回来，为什么江云文明会把他们的历史传输给你呢？他们这么做的目的又是什么？"

他的脸上突然浮现出无比欣慰的笑容："我也问过他们这个问题，也问了他们是不是所有文明最后都会不可避免地毁于'无聊灾难'。而他们最后给了我一条信息，为我解开了所有疑惑。"

我："什么信息？"

他："总会有下一代文明来接替我们享受生活的。"

我："我明白了。江云文明向你传输它的文明史，并没有什么特别的意义，他们只是在文明毁灭之前向全宇宙，甚至可能是全部时间轴上的文明随机传输了一些信息。他们是想告诉对方，要好好享受生活，享受当下的每一分、每一秒。"

他："是的，这就是江云文明想告诉我的。我很感谢他们。"

我："我也感谢你，谢谢你分享了一段如此精彩的人生经历。"

在采访结束后，"伤心者"送了我一块古老的化石。据他所说，那是一块4.39亿年前的志留纪早期的石阡拟壳房贝化石，是从浦东机场厕所洗手池的台板上偷偷敲下来的。

他送我这块小小化石的同时，也送了一段让我刻骨铭心的话。

"如果有一天人类文明变得很无聊，不要为此而感到担忧，因为总会有下一代文明来接替我们享受生活的。"

就像我们人类文明代替了当初主宰地球的种种生命一样。

三十八、无限战争

他："你做好准备了吗？把我告诉你的真相作为你记录的最后一篇故事。就算你采访再多的人，都必须把我的这个故事写在最后，因为这个故事所揭露的真相太过重要，它关系到全人类的命运。或者说，关系到我们这个宇宙的文明。"

我："我做好准备了。不过，你想告诉我的真相到底是什么？"

他："是关于一场战争的。一场我们所有人都被卷入其中的伟大战争，没有人能够置身事外。当我说话的这会儿，其他无数个宇宙的无数人类正在疯狂地向着我们这个世界进攻。我们必须抵御他们的入侵，否则，我们的宇宙将被毁灭。"

我："战争？这场战争的发生地在哪儿？"

他："战争发生在你看不见的地方。"

我："在哪里？难道是在宇宙深处？"

他拿起了写字桌上的一张白纸展示给我看，郑重其事地道："并不是，而是在一张纸上。"

我忍住了想笑的冲动，问道："一张纸上能发生什么样的战争？"

他："一场比你想到的最大的战争还要宏大的战争。这场战争发生在理性的尽头，发生在数学的尽头、算力的尽头，发生在一切的制高点，发生在无限的尽头。"

我："那太抽象了。"

他："那我从简单的问起吧。你对无限概念有了解吗？"

我："我多少知道一些。一般我们提到无限这个概念的时候，指的是在数轴上可以一直往后数数字，一直数下去……没有终点。"

他："太肤浅了，你对无限的理解停留在小学生水平。"

我："呃……那愿受教导。"

他："我不知道你对集合论有多少了解。在集合论里，所有自然数集合的基数，叫作阿列夫0。需要注意的一点是，这个集合里的自然数是无穷无尽的。"

我："是的，自然数的确是无限多的。只要活得足够长，你就可以一直数下去。"

他："但是，阿列夫0仅仅是最小的无限而已。比阿列夫0更大的是阿列夫1。阿列夫1指的是所有实数构成的集合的基数，比阿列夫0大得多。其实这也不难理解，想想看，在自然数2和3之间，可以穿插进不计其数的实数。当然，阿列夫1后面还有更大的阿列夫2、阿列夫3、阿列夫4……一直到阿列夫无穷。这后面具体有多大，人类是无法想象的。宇宙的寿命也才不过138亿年，宇宙中原子的数量也不过10的82次方个，这些数字已经是天文数字，大到常人无法想象，可是它们在阿列夫0里连起点都算不上。"

我："是的。我勉强能理解你说的阿列夫1是所有实数集合的基数，但我有些无法理解你说的那些阿列夫2、阿列夫3了……"

他："你不用问太多，你只要听我说，同时录音和记录就行了。我后面所说的，你会更加听不懂，你的疑问会越来越多。所以，你不如不要问，只做一个哑巴听众，感受我所描述的世界有多大就行。"

我："那好吧。那你说，我只记录，必要的时候我再插话。"

他："可以。我刚才说了很多阿列夫，阿列夫0、阿列夫1、阿列夫2、阿列夫3……我们可以一直这么迭代下去，直到某个阿列夫极限数。它是一个奇异基数，也叫阿列夫终极不动点。但就算阿列夫终极不动点，依然只属于阿列夫数的范畴而已。在阿列夫数上，还有大基数。大基数是比阿列夫数还要庞大的领域。大基数中最小的基数叫不可达基数。不可达基数是所有比阿列夫数大的大基数之中最小的。什么叫不可达基数呢？简单来说，就是这个数已经大到你不能靠从小到大这么一个顺序去数到的地步，而只能从比它更大的数往下数才能数到。用稍微专业点的话来说，从任何比不可达基数小的序数或基数出发，不管用序数运算、基数运算，还是用什么手段，总是得不到大于或等于它的序数、基数。有这种奇怪特性的基数就叫作不可达基数。当然，不可达基数也可以细分为非迭代性基数和强弱不可达基数等，这块内容太专业我就不展开说了。不过不可达基数之上还有比它更大的大基数，那就是超不可达基数。超不可达基数指的是不可达基数个不可达基数。超不可达基数之上还有马洛基数，马洛基数就是超不可达基数的门槛，超不可达基数再大也超不过马洛基数。马洛基数上面还有超马洛基数，超超超……马洛基数，但是它们又被弱紧基数给远远甩在了后面。当然，弱紧基数后面还有不可描述基数、精妙基数、强可展开基数、可迭代基数、爱尔特希基数、拉姆齐基数、强拉姆齐基数、强森基数、可测基数、强基数、伍丁基数、超强基数、高大基数、谢拉赫基数、超紧基数级无限、可扩展基数、殆巨大基数、巨大基数、超巨大基数、n-巨大基数、高跳基数、阶对阶基数，再之后是非选择基数范畴的伊卡洛斯集合、莱因哈特基数、超级拉姆齐基数级无限、伯克利基数，冯诺依曼宇宙V级无限。在那之后，就是真类宇宙了，比如，序数宇宙ON、可构造性宇宙L、遗传序数可定义宇宙HOD、良序宇宙WO、良基宇宙WF、ZFC集合论公里系统内的最大内模型终极L等。最后还有合法集合宇宙V，也被称为终极数学宇宙V。在那之后，就是一阶实无穷、无限阶实无穷、实无穷阶实无穷……一直到超实无穷。一个大循环套着一个小循环，无穷无尽，直到最后的最后，通往'终极丰饶世界'的大门就会被打开。在那个世界，集合论里的终极L等于终极数学宇宙V，无数数学家梦寐以求的集合论内模型计划完成了，所有用来描述无限的大基数都可以被包含，0可以等于1，无就是万物，万物也可以是无，那里有着终极的真理，是无限的无限的无限，那里也是绝对全知全能的领域。"

我陷入了沉默，良久才敢开口："说实话，你描述的图景已经远远超出了我的理解范围，当然也超出了我的想象范围。到后面，我已经听不懂你在说些什么了。但是，我感觉到了一种难以言喻的浩瀚。"

他："我在描述最高的、绝对的无限。这么说吧，宇宙之外还存在着无穷无尽的宇宙，我们的世界之外还有无穷无尽的世界，比你在电视里看到的平行宇宙还要多得多。而那些世界里的人类，都在试图找寻到无限尽头的风景，也就是'终极丰饶世界'。但是去往那样的世界需要非常强大的算力，而且后来者可能被抢先者堵住了去路。所以，不同世界的人类正在展开一场争夺算力的战争。比如说，有两个超级宇宙的人类在争夺前往'终极丰饶世界'的机会，他们几乎耗尽了各自宇宙的资源，研发出最强大的计算机，夜以继日地计算。这两个宇宙的人类为了抢先一步升级为更高阶的文明，开始了无止境的对抗，试图找到0或1的最大递归方式来压制对方。这个计算过程从自然数延伸到了实数，经过了非常漫长的岁月后，又拓展到了超穷数的领域，然后是各种大基数。两个宇宙间的竞争异常惨烈，以至于在每一刹那，所有集合论领域里可构造的宇宙都诞生和死亡了无数次，而当最后一个已知的超巨大基数的算法方式被某一方理解后，另一方就陷入劣势，因为向着更高阶文明演化的路径可能会被抢先者关闭。随着天平逐渐倾斜，一个宇宙的人类陷入了劣势，不得已之下，陷入劣势的那一方人类文明干脆构建了一条0等于1的公理，把优势方所有的叠层归为己有。不愿意输掉的优势方宇宙的人类也做出了同样的公理构建，结果0与1变成了对立统一的先验，形式逻辑体系就这样彻底土崩瓦解。所有对立统一的二元论计算思维都在不可理解的矛盾层级中不复存在，最后融合为了一种存在又非存在的模式。在这种情况下，两个自相矛盾的数学命题，甚至可以同时为真。那两个文明离'终极丰饶世界'很近了，可还是差了临门一脚。"

我："我还是没有听懂，但是大概听出点意思了，你是说，算力的碾压战争是不同宇宙人类之间展开的斗争。那你说这些战争发生在白纸上又是什么意思呢？"

他把手中的白纸摊开在桌上，继续道："不同宇宙之间的人类战争不用刀枪剑戟，也不用坚船利炮，更看不到爆炸和硝烟，所有的战斗都发生在数学领域，所有的冲突都可以发生在白纸上的符号与公式中间。我能够知道这些秘密，也是其他宇宙的数学家通过思想传讯的方式告诉我的，而我现在已经联合了16个低端宇宙的数学家，在和另外87个低端宇宙的数学家们战斗。那些宇宙的人类和我一样，正在攻克着连续统猜想，这是小基数人类文明走向阿列夫数文明，乃至在遥远的未来走向大基数文明前的第一步，我必须攻克这个难题。一旦攻克了，我们人类才有一丝丝在大基数文明面前生存下去的机会。好在我们地球文明所在的宇宙处在还算偏僻的角落，还没有引起其他星球的注意，否则，我们可就危险了。即便如此，我们也必须争分夺秒，抓紧走向更高基数级文明，避免被毁灭。"

我："我还是听不太明白你讲的这个故事，或者说，你的这个故事我始终只能听懂一部分。但是我可以保证，我会把这个故事记录下来，告诉更多的人。"

他："谢谢你，这就够了。"

之后，我参观了他的书房。在他的书房里，我看到了堆成小山的草稿纸，上面写着密密麻麻的数学符号和各类公式，我几乎一个都看不懂。但据他所说，这些公式就是他用来和其他宇宙的人类战斗的武器。

在最开始听他讲故事时，我曾犹豫过是否要将他的讲述内容写进我的作品里，因为他所说的内容过于晦涩，门槛过高，普通读者难以理解，而且表现方式也非常抽象，很难通过影视或者游戏画面直观地呈现出来。但是几番思考后，我还是决定把他所说的内容收入我的作品集中。

因为我想让更多的人知道，"疯子"们心中的世界可以有多浩大。